FREE AT LAST

– vereint –

ANNIE STONE

Coverfoto: © shutterstock.com / karelnoppe
Korrektorat: ScriptLounge
ISBN-13: 978-1534821972
ISBN-10: 153482197X

Kontakt: anniestone81@gmail.com

V.i.S.d.P.
Autorencentrum.de
Ein Projekt der BlueCat Publishing GbR
Peter Maassen
Gneisenaustra. 64
10961 Berlin
E-Mail: bluecatmedia@web.de
Tel.: 030/61671496
- Pakete warden nicht angenommen -

Für dich

1

Hunter

Wir sind auf dem Weg zurück ins Camp Leatherneck. Unser Einsatz im COP ist vorbei, ebenso wie meine zweite Tour in Afghanistan. Zurück nach Virginia.

Ich freue mich darauf, bald zurück in den Staaten zu sein. Vielleicht schaffe ich es dieses Mal, Carey zu treffen. Je länger alles mit Mac zurückliegt, desto leichter wird es, es zu ertragen. Ich habe sie nicht vergessen, werde es auch nie, aber es ist gut, dass es nicht mehr so wehtut wie am Anfang.

Ich sitze auf der rechten Seite auf der Rückbank, schaue aus dem Fenster in die immer gleiche Einöde. Plötzlich wird der Wagen links vorne angehoben. Ich höre Aufschreie und Fluchen. Das gepanzerte Fahrzeug überschlägt sich und bleibt auf der Seite liegen. Ich höre Schüsse, Stöhnen, Schreien in Paschto, Dari und Englisch.

Ich kann mich nicht bewegen, mein Bein ist eingeklemmt. Ich will was sagen, aber ich bekomme keinen Ton heraus. Gerade als ich versuchen will, mein Bein irgendwie zu befreien, wird das Fahrzeug erneut getroffen und in die Luft gewirbelt. Ich werde herausgeschleudert und bleibe Meter entfernt benommen liegen.

Ich will mich aufrichten, nach meinen Kameraden sehen, aber ich höre kaum etwas, mein Sichtfeld wird eingeschränkt, Schwärze kriecht in meinen Blick. Bevor ich auch nur einen Arm heben kann, bin ich ohnmächtig und bekomme nichts mehr mit.

2

Mac

Ich bin den ganzen Flug über unruhig, kann mich auf nichts konzentrieren. Weder aufs Lesen, noch aufs Filme gucken oder sonst was.

Ich hab's gespürt. Es ist was mit Hunter. Ich blieb die ganze Nacht wach und am nächsten Morgen erfuhren Carey und ich die Nachricht, dass Hunter bei einem Anschlag verletzt und nach Ramstein ausgeflogen wurde. Als wir davon hörten, war er gerade im OP. Mehr konnten sie uns nicht sagen.

Auch wenn es mir schwer fällt, Hazel bei Carey zu lassen, bin ich in den Flieger gestiegen, um ihn zu sehen. Ich weiß nicht, ob er überleben wird. Ich muss ihn noch einmal sehen. Muss ihm sagen, wie sehr ich ihn liebe, kann ihn nicht gehen lassen, ohne dieses Wissen. Auch wenn er mich vielleicht nicht hören kann. Aber ich kann ihn nicht in dem Glauben lassen, dass er mir egal ist. Das geht nicht.

Ich knete meine Hände, bis ich das Gefühl habe, die Haut fällt ab, wenn ich es noch ein einziges Mal tue. Ich sitze am Gang und stehe immer wieder auf, um durch die Gegend zu laufen. Wie lange kann ein einzelner Flug denn dauern?

Zwölf Stunden später lande ich am Frankfurter Flughafen und werde von einem Shuttle Service in Empfang genommen, den Carey für mich gebucht hat. Er bringt mich zur Airbase Ramstein. Carey hat auch dafür gesorgt, dass ich einen Besucherpass bekommen werde, sobald ich dort ankomme.

Ich kaue die gute Stunde, die ich in dem Wagen sitze, an den Fingernägeln. Wie geht es Hunter? Lebt er noch? Komme ich zu spät?

Bitte, lass mich nicht zu spät sein! Ich kann mir ein Leben ohne Hunter nicht vorstellen. Bitte nicht. Ich will nicht ohne ihn sein.

Als wir an der Einfahrt ankommen, muss ich mich eintragen, meinen Pass vorzeigen und der Shuttleservice bringt mich zum Krankenhaus. Dort melde ich mich am Empfang und werde gebeten, im Wartezimmer Platz zu nehmen. Das Warten geht weiter.

Ich rufe Carey an, sage ihm, dass ich da bin, frage nach Hazel. Carey weist mich an, Hunter sobald es geht, ein Telefon ans Ohr zu halten, weil er ihn unbedingt hören muss.

»Was ist, wenn ...?« Ich kann es nicht mal aussprechen.

»Nein, Mac, nein! Wenn es ihm schlechter ginge, hätte sich jemand bei mir gemeldet, aber alles war ruhig. Wir müssen einfach auf das Beste hoffen.«

»Du hast recht. Ich ruf dich wieder an, okay?«

»Okay, wart noch kurz. Hazel will dich sprechen.«

»Hazel?«

»Mommy! Wann komm tu?«

»Bald, Engelchen. Bald bin ich wieder da. Bis dahin bist du bei Carey, okay?«

»Okay«, quietscht sie. »Ganz viel Eis!«

Ich lächel. »Ganz viel Eis und dann bin ich bald wieder da. Ich hab dich lieb, Kleines.«

»Auch lieb!«

Ich hab den ganzen Flug nicht geweint, weil ich einfach keine Tränen mehr hatte, aber jetzt rollen sie doch wieder.

»Mackenzie Hall?«, fragt ein Arzt von der Tür aus.

Mit zitternden Beinen stehe ich auf. »Ja?«

»Ich bringe Sie zu Ihrem Verlobten. Sergeant Tilmans Bruder hat uns mitgeteilt, dass Sie Besuchsrechte wahrnehmen dürfen. Natürlich muss Sergeant Tilman das bestätigen, sobald er aus dem Koma erwacht ist.«

»Koma?«, frage ich schockiert.

»Keine Sorge. Wir hielten es für das Beste, ihn nach der schweren OP ins künstliche Koma zu versetzen. Wir reduzieren bereits die Wirkstoffe und er sollte in den nächsten paar Stunden aufwachen.«

»Können Sie mir sagen, was ihm fehlt?«

»Er hat mehrere nicht fatale Wunden, eine in der Schulter, eine im Arm und einen Streifschuss am Oberschenkel. Er hat innere Verletzungen, aber wir konnten die Blutungen stoppen. Während des Hinterhalts ist Ihr Verlobter aus dem Fahrzeug geschleudert worden, dabei riss das Bein ab. Wir mussten unterhalb des Knies amputieren.«

»Amputieren? Er hat nur noch ein Bein?«, frage ich entsetzt.

Er nickt. »Ja, aber Amputationen unterhalb des Knies sind die bestmögliche Variante. Er kann eine Prothese tragen und mit Glück, wieder genauso gehen, wie zuvor.«

Ich bin schockiert, muss ich zugeben. Zumindest im ersten Moment. Dann siegt die Erleichterung. »Aber ... aber er kommt durch?«

»Es können immer Komplikationen auftreten, aber wenn alles so verheilt, dann ja, er wird wieder vollständig gesund. Mit Physio und Therapie kann er mit einer Prothese gut leben.«

»Danke«, sage ich und dieses Wort kommt aus der Tiefe meines Herzens. Alles ist okay, wenn er nur überlebt.

»Darf ich bei ihm bleiben?«

»Natürlich. Wir werden ein Bett für Sie in seinem Zimmer aufstellen.«

»Das ist nicht nötig. Ich schlafe bestimmt sowieso nicht.«

Er schaut mich kritisch an. »Das haben Sie die letzten Tage offenbar auch nicht. Sie können ihm nicht helfen, wenn Sie vor

Erschöpfung zusammenklappen. Er hat einen langen Weg vor sich und er braucht Ihre Kraft, sonst kann er das nicht durchstehen. Verstehen Sie?«

Ich nicke. »Ich bin Traumatherapeutin. Ich verstehe nur zu gut.«

»Okay. Dann bringe ich Sie jetzt zu ihm.«

Ich folge ihm durch die Flure und bleibe einen Moment vor der Tür stehen, um Kraft zu sammeln. *Er braucht meine Kraft, um das durchzustehen*, wiederhole ich für mich noch einmal.

Als ich ihn das erste Mal erblicke, ist es ein Schock. Er sieht anders aus als vor knapp drei Jahren. Wie vermutet sieht er maskuliner aus, er hat auch jede Menge Bart, die braunen Haare kurz wie immer. Gut sieht er aus, trotz der Verletzungen, in seinem Gesicht sind nur zwei Kratzer. Er hat einen Tubus im Mund, diverse Schläuche kommen aus seinem Körper. Aber am schlimmsten ist es, die Stelle zu sehen, an der mal sein Unterschenkel war. Da ist jetzt ... nichts.

Ich bin froh, dass er nicht wach ist, sodass ich die Chance habe, mich an den Anblick zu gewöhnen, um dann auch wirklich stark für ihn sein zu können. Es ist gut, dass ich diesen Moment habe. Ich vergieße ein paar Tränen, aber dann sage ich mir, dass es schlimmer hätte kommen können. Menschen leben mit Prothesen jeden Tag und unterhalb des Knies ist die bestmögliche Variante. Das wird schon. Wichtig ist, dass er lebt, dass er wieder gesund wird. Und dass er mir endlich zuhört. Dieser sture Bock.

Ich stelle den Stuhl neben sein Bett und setze mich hin. Ich greife nach seiner Hand, in der kein Zugang liegt und halte sie. Ich streichel sanft über seine Finger, beobachte sein schönes Gesicht. Er kommt mir größer vor, zumindest breiter. Solche Schultern hatte er vor knapp drei Jahren noch nicht, oder? Aber damals war er ja auch schon breiter. Vielleicht verschwimmt meine Erinnerung auch ein wenig, weil ich ihn als Siebzehnjährigen kannte, ihn aber nur einmal mit einundzwanzig gesehen habe.

»Ich weiß nicht, ob du mich hören kannst, Hunter. Manche denken ja, dass man im Koma mitbekommt, was in seiner

Umgebung geschieht. Ich werde dir das alles noch mal erzählen, wenn es dir besser geht, aber falls du mich hören kannst, will ich dir sagen, dass ich dich liebe. Es tut mir leid, dass ich deine Hand nicht sofort genommen habe. Ich kann das nur auf einen Moment geistiger Umnachtung schieben. Ich habe nicht Carter gewählt, hörst du? Ich habe dich gewählt. Ich liebe dich. So sehr! Und du hast mir das schönste Geschenk gemacht, dass ein Mann einer Frau machen kann. Sie heißt Hazel Claire. Das H für ihren Daddy und das C für ihren Onkel. Carey ist ganz vernarrt in deine Tochter, Hunter. Und ich hoffe, du wirst es auch sein. Ich hab dich so vermisst. Carey hat dich so vermisst. Hazel braucht ihren Dad. Bitte, Hunter, wach auf und werd gesund. Für mich, für sie. Wir brauchen dich.«

Ich erzähle ihm Anekdoten von Hazel, wie sie vor einer Woche, als wir unseren Tannenbaum holten, die Tannennadeln aß. Wie sie quietscht, wenn das Wasser ihre Füßchen erreicht. Wie sie lernte, H zu schreiben und mit ihrem Pinsel den ganzen Flur mit Hs vollschrieb. Dass sie eine gute Esserin ist, aber keinen Rosenkohl mag, auch dann nicht, wenn er püriert unter Kartoffeln ist. Dass sie Dad sagen kann, auch wenn sie nicht genau weiß, wen sie so anreden soll, obwohl sie ihn von Fotos und Videos kennt.

Irgendwann lege ich meinen Kopf neben seine Hand auf das Bett. Ich bin erschöpft. Ich habe seit drei Tagen nicht geschlafen und weiß mittlerweile, wie er sich im Bootcamp gefühlt haben muss. Minus all der anderen Qualen, die er überstehen musste.

Morgens werde ich von einer Schwester geweckt, die seine Vitalzeichen misst.

»Legen Sie sich doch in das Zustellbett«, sagt sie freundlich.

»Ich will bei ihm sein.«

Sie nickt. »Aber Sie müssen auch an sich selbst denken. Und an ihr kleines Mädchen.«

»Woher …?«

Sie lächelt. »Sie haben ihm gestern stundenlang Dinge von Ihrer Tochter erzählt. Hazel.«

»Ja, sie ist ein Goldstück.«

»Und er weiß nichts von ihr?«

Ich beiße mir auf die Lippen. Wie erkläre ich, dass ich seine Verlobte bin, er aber nicht weiß, dass ich ein Kind von ihm habe? »Ähm, er hat sie noch nicht kennengelernt. Er war bisher nicht zu Hause.«

»Schon gut, Kindchen.« Sie tätschelt mir die Hand. »So genau muss ich das gar nicht wissen.« Sie zwinkert mir zu, bevor sie aus dem Raum geht.

Ich will Hunter nicht alleine lassen, aber ich brauche einen Kaffee. Ich husche schnell in die Cafeteria und besorge mir einen Becher. Dann sitze ich wieder an Hunters Bett.

Wie lange ist *in den nächsten Stunden*? Ich dachte, damit meinte er tatsächlich Stunden und nicht ...

»Hunter?« Ich beuge mich vor und sehe, dass seine Augenlider flattern.

Ich drücke seine Hand und habe das Gefühl, dass er mir antwortet. Ich lege eine Hand an seine Wange. Seine Wimpern zucken im Gleichklang mit seinen Lidern. Gott, er wacht auf!

»Hunter, ich bin's. Ich bin hier. Bitte wach auf.«

Er bewegt den Kopf leicht. Plötzlich fliegen seine Augen auf und ich sehe Panik in ihnen. Er kämpft gegen den Tubus.

»Hunter, ganz ruhig. Ganz ruhig!« Ich lege beide Hände an sein Gesicht, zwinge seine Augen zu meinen. »Shhh, ich bin hier. Ganz ruhig. Der Tubus wird gleich entfernt. Alles okay. Du bist in Sicherheit.«

Er schaut mich verwirrt an, wird aber ruhiger. Ich drücke auf den Knopf für die Schwester und sie kommt herein. Der Arzt wird gerufen, er überprüft Hunters Werte und Pupillen, bevor er ihm den Tubus aus dem Hals zieht. Er keucht, hustet und würgt, aber dann atmet er wieder von alleine. Mir laufen Tränen die Wangen runter.

»Mac ...?«, fragt er heiser.

»Ich bin hier, Babe«, sage ich und greife nach seiner Hand.

Er drückt meine Finger.

»Sergeant Tilman, ich bin Dr. Ferguson. Ich habe Sie operiert. Sie haben Verletzungen an der Schulter, am Arm und am

Oberschenkel. Sie hatten innere Blutungen, da die Milz gerissen ist. Wir mussten sie entfernen. Erinnern Sie sich an den Einsatz?«

Hunter kneift die Augen zusammen. »Wir wurden angegriffen. Der Wagen wurde beschossen ... Was ist mit Jax?«

»Jax?«

»Corporal Jackson Halliwell.«

Der Arzt schüttelt bedauernd den Kopf. »Tut mir leid. Der Name sagt mir nichts. Er ist nicht auf unserer Station eingeliefert worden.«

Hunter schluckt schwer.

»Erinnern Sie sich, was dann passiert ist?«

»Wir wurden erneut getroffen.« Es fällt ihm schwer zu sprechen. Die Schwester reicht ihm ein Glas Wasser mit Strohhalm. Vorsichtig trinkt er kleine Schlucke. »Der Wagen wurde in die Luft geschleudert und ich heraus.«

Der Arzt nickt. »Dabei wurde Ihr Bein abgerissen.«

Hunters Augen weiten sich, seine Nasenflügel beben. »Mein Bein?«, fragt er nach, als würde er nicht ganz verstehen. Er versucht sich aufzusetzen, drückt meine Finger so fest, das sie anfangen zu knirschen.

»Es tut mir sehr leid, Sergeant. Wir mussten Ihren linken Unterschenkel amputieren.«

Die Schwester drückt auf einen Knopf und das Kopfteil fährt hoch. Ich sehe die Panik in seinem Blick und mein Herz bricht. Als er die Decke an der Stelle sieht, die eigentlich seinen Unterschenkel umhüllen sollte, nun aber platt auf der Matratze liegt, schluchzt er auf. Ich drücke seine Finger, während er versucht, zu verarbeiten, was geschehen ist. Es muss ihm surreal vorkommen. Als er das letzte Mal wach war, hatte er noch ein Bein und nun nicht mehr.

»O Gott«, murmelt er immer wieder.

Ich sehe Tränen seine Wangen herunter laufen.

»Hunter, Babe«, murmel ich und lege ihm den Arm um die Schultern.

»Fuck, Mac!« Er neigt den Kopf an meine Brust und weint. Ich umfasse ihn mit beiden Armen, ziehe ihn fest an mich.

»Es tut mir so leid.«

Seine Tränen durchnässen mein Shirt. Es ist irgendwie anders, seine Qual nicht nur zu sehen, sondern sie auch zu spüren.

Er kann den einen Arm nicht richtig bewegen, hält den anderen wie ein Stahlband um meine Taille. Ich küsse seinen Kopf, flüstere beruhigende Worte und weiß doch, dass sie vollkommen inadäquat in dieser Situation sind. Seine Welt bricht gerade zusammen.

»Es wird alles wieder gut«, murmel ich in sein Ohr.

Er löst sich von mir und sein Blick hat ein bisschen was Irres. »Gar nichts wird wieder gut! Ich habe kein Bein!«

»Ich weiß, Babe. Aber ...«

»Nenn mich nicht so! Du hast dich für ihn entschieden, du ... du Flittchen!« Ich weiß, dass er mich gar nicht verletzen will, dass er nur mit der Situation nicht klarkommt.

»Hunter ...«

Er wendet den Blick ab. »Ich will dich nicht sehen. Du sollst mich so nicht sehen.«

»Aber ich ...«

»Verschwinde, Mac! Sei glücklich und vergiss mich«, sagt er bitter.

Ich greife nach seiner Hand, aber er entzieht sie mir. »Nicht, Hunter, bitte ... Hör mir zu!«

»Verschwinde! Sofort!«, schreit er beinahe.

Der Arzt und die Schwester bringen mich aus dem Raum, obwohl ich gar nicht will, aber Hunter hört mir nicht zu, interessiert sich nicht für meine Worte.

»Ms. Hall, bitte, gehen Sie jetzt. Sie können später noch einmal mit ihm reden, wenn er sich beruhigt hat. Aber jetzt ist es das Beste, wenn Sie gehen.«

»Nein, bitte, er braucht mich ...«

»Das tut er, aber solange er das nicht selbst begreift, wird er Sie immer wieder wegschicken. Wir sagen Ihnen Bescheid, wenn sich etwas ändert. Sie können im Wartezimmer bleiben.«

»Aber bitte ... bitte vergessen Sie es nicht«, raune ich, als ich den Gang entlang laufe, um zu warten. Ich schlinge die Arme um mich, habe mich schon lange nicht mehr so einsam gefühlt, wie in diesem Moment.

Ich will eigentlich mit niemandem sprechen, aber Carey macht sich Sorgen. Also wähle ich seine Nummer.

»Mac? Wie geht es Hunter? Hast du ihn gesehen? Kann ich ihn sprechen?«

Ich schluchze auf, als ich seine Stimme höre.

»Nein, Mac, nein, nein!«, ruft er verzweifelt in den Hörer. Seine Stimme bricht.

»Er lebt, Carey, er lebt«, sage ich schnell, weil seine Gedanken in die falsche Richtung gehen.

»Fuck! Mac! Was ist passiert?«

»Sein Konvoi ist in einen Hinterhalt gefahren. Sie wurden beschossen, sein Wagen ist durch die Luft gewirbelt und er dabei aus dem Fahrzeug geschleudert worden. Dadurch ist sein Bein abgerissen.«

»Abgerissen? Was heißt das ...? Oh, nein ...«

»Der Unterschenkel wurde unterhalb des Knies amputiert.«

»Fuck! Nein! Ich ... o Gott. Wie geht es ihm?«

»Nicht gut. Und ich hab es nicht besser gemacht. Gott, Carey, er hasst mich.« Ich lehne mich gegen die Wand, versuche der Tränen Herr zu werden.

»Was hat er gesagt?«

»Erst hat er mir erlaubt, ihn zu umarmen, aber dann hat er mich weggeschickt. Mir vorgeworfen, dass ich Carter gewählt habe, mir gesagt, dass er mich nie wieder sehen will.«

»Das war nur der Schock ...«, sagt Carey lahm.

Ich nicke. »Ja, ich weiß, aber ... aber ich glaube, es war auch ernst gemeint.«

»Ach, Mac. Gib ihm Zeit. Er muss klarkommen. Danach hast du wieder eine Chance, da bin ich mir sicher.«

Ich schüttel den Kopf. »Du hast ihn nicht erlebt. So kalt und abweisend. So habe ich ihn noch nie gesehen.«

»Gib ihm Zeit. Überstürz nichts«, fleht er beinahe. »Du kannst ihn jetzt nicht alleine lassen.«

»Das tue ich auch nicht. Ich bleib hier bei ihm.«

»Danke, Mac.«

»Wie geht es Hazel?«

»Sie schläft. Sie vermisst dich.«

Ich lächel leicht. »Mein kleines Mädchen.«

»Mac, er liebt dich. Das weiß ich genau. Du musst durch seine harte Schale durch. Gib nicht auf. Er braucht dich.«

»Ich weiß.«

Nachdem wir aufgelegt haben, warte ich stundenlang, aber immer, wenn ich nachfrage, kommt nur die Auskunft, dass er mich nicht sehen will. Ich verbringe die Nacht auf einer Bank, kuschel mich in meinen Pullover. Irgendwann bringt mir eine Schwester eine Decke. Ich schlafe zwar ein, bin aber die ganze Zeit unruhig.

3

Hunter

Ich liege in meinem Krankenbett, starre an die Decke. In meinem Kopf ist es nebelig. Sie haben mir ein Beruhigungsmittel gespritzt. Meine Gedanken sind durcheinander, ich kann keinen klaren fassen.

Hinterhalt. Bombe. Rakete. Geschleudert. Bein abgerissen.

Und dann war Mac da. Wieso war sie hier?

Wo ist hier? Ramstein wahrscheinlich. Was macht sie in Deutschland?

Hinterhalt. Bombe. Rakete. Geschleudert. Bein abgerissen.

Ist sie nach Deutschland geflogen, als sie es erfuhr? Wollte sie mich sehen? Ist sie meinetwegen hier?

Als ich die Augen aufmachte, war sie da. Wie ein Engel. Mein Engel. Sie ist so schön. Schöner noch als in meiner Erinnerung. Sie hat mich liebevoll angesehen, hat mich *Babe* genannt.

Hinterhalt. Bombe. Rakete. Geschleudert. Bein abgerissen.

Ich habe mir was vorgemacht. Ich liebe sie noch genauso wie damals. Es ist auch nicht leichter. Ein Funken und ich stehe wieder in Flammen wie immer schon. Sie ist einfach unter meiner Haut und ich bekomme sie da nicht weg.

Aber jetzt ... was für eine Zukunft hätten wir? Sie kann nicht mit einem Krüppel wie mir zusammen sein. Sie hat was Besseres verdient. Jemanden, der sich um sie kümmern kann, der ihr helfen kann. Niemanden, den sie pflegen muss. Das geht nicht. Das will ich nicht.

Hinterhalt. Bombe. Rakete. Geschleudert. Bein abgerissen.

Mein Bein.

Es war ein Schock, die Lücke zu sehen, wo eigentlich sonst mein Unterschenkel ist. Es hat mir das Herz herausgerissen. Nicht, weil ich so unbedingt an meinem Bein hänge. Tue ich natürlich, aber vor allem, weil mir klar wurde, dass ich somit keine Chance mehr bei Mac habe. Sie braucht jemanden, der beide Beine hat. Und ich hab nur noch eins. Und auch keine Milz mehr. Kann man ohne Milz leben? Und wenn ja, wozu ist sie überhaupt gut?

Mac ...

Sie wird mich nie wieder als etwas anderes sehen als einen Invaliden. Dabei wollte ich immer nur ein Mann für sie sein.

Mir kommen die Tränen und ich gebe mich dem Selbstmitleid hin. Ich weine um mein Bein, um Mac, um das, was nie sein wird. Mir wird klar, dass ich so nicht leben will. Ohne Mac.

Irgendwann später bekomme ich Besuch von einem Therapeuten. Aber statt zu kooperieren, liege ich apathisch da, gebe keinen Ton von mir. Es ist mir egal, was mit mir passiert. Wofür soll ich noch leben? Es gibt keinen Grund.

In meinem ganzen Leben hatte ich noch nie so düstere Gedanken. Die letzten Jahre waren nicht leicht für mich, aber ich wusste immer, dass ich leben will. Dass es einen Grund zum Leben gibt, auch wenn Mac mich nicht will. Aber jetzt? Alles wie weggeblasen. Mac will mich nicht. Ich bin ein Krüppel.

Die kleine Stimme, die mich erinnert, dass Mac hier ist, hier bei mir, weil ich verwundet wurde, ignoriere ich.

»Sergeant, wie fühlen Sie sich?«

Wie soll ich mich schon fühlen? Beschissen. Ich bin ein Krüppel. Ich glaube nicht, dass man sich in dieser Situation anders fühlen kann.

»Erzählen Sie mir, was sie gefühlt haben, als Sie gemerkt haben, dass Ihnen der Unterschenkel fehlt.«

Was ich dabei gefühlt habe? Wut, Trauer, Verzweiflung. Aber nicht alles wegen dem Bein. Auch wegen Mac. Meine Gefühle sind durcheinander, vollkommen verwirrt.

»Ihre Freundin Mackenzie sitzt im Wartezimmer. Wollen Sie sie sehen?«

Nein. Ich will sie nie wieder sehen.

Es tut weh. Wieso muss sie immer dann auftauchen, wenn ich sie schon beinahe vergessen habe? Wieso kann sie mich nicht in Ruhe lassen? Wieso muss sie die Wunden immer und immer wieder aufs Neue aufreißen?

Langsam fange ich wirklich an, sie zu hassen. Ohne sie wäre das alles nicht passiert. Ich wäre kein Krüppel, wäre mit irgendeinem Mädchen zusammen, vielleicht schon verheiratet. Ich hätte Shane nie kennengelernt, hätte nie mit ihm über die Marines gesprochen. Vielleicht wäre ich jetzt etwas ganz anderes. *Was anderes als ein Krüppel*, denke ich bitter.

Mein Kopf scheint in einem Wettkampf mit sich selbst zu sein, wie oft ich das Wort Krüppel denken kann.

»Wieso wollen Sie sie nicht sehen?«

Weil sie mir das Herz gebrochen hat! Immer und immer wieder. Weil sie nicht aufhört, es zu brechen. Ich kann nicht mehr. Es ist nichts mehr übrig, was sie noch lieben kann. Was überhaupt noch lieben kann. Ich kann mich nicht einmal mehr selbst lieben.

Jeder Gedanke an sie tut weh. So unglaublich weh. Jede Faser in mir sehnt sich nach ihr. Der Moment, als sie mich festhielt. Meine Wange an ihrem weichen Busen lag. Der Augenblick, als sie mein Gesicht hielt, mir tief in die Augen blickte und meine Panik abflaute. Die Sekunde, als ich fühlte, dass sie mich liebte.

Und dann ... dann wurde mir klar, dass sie niemals mit einem Krüppel wie mir zusammen sein darf. Sie ist ein guter Mensch, daher wird sie nicht gehen. Sie wird bei mir bleiben und mich irgendwann verabscheuen, weil ich sie aufhalte, sie zurückhalte.

»Was fühlen Sie, wenn Sie Ihr Bein ansehen?«

Wut. Trauer. Verzweiflung. Wieso ist das passiert? Wieso wurde ich nicht getötet? Das ist auch nicht schlimmer, als hier nur noch mit einem Bein zu liegen. Lieber tot als ein Krüppel.

Ich weiß, dass viele Veteranen Prothesen tragen, viele leben damit auch sehr gut. Gerade amputierte Beine bemerkt man häufig nicht einmal. Aber ... ist das was, was ich der Frau, die ich liebe, zumuten will? Sie hat es nicht verdient, einen Mann zu haben, um den sie sich kümmern muss. Sie sollte jemanden haben, der sich um sie kümmert. Selbst, wenn ich glauben würde, dass sie mich wirklich will, würde ich nie zulassen, dass sie ihr Leben für mich aufgibt.

Und es wäre nichts anderes. Es macht Arbeit, vor allem, da ich ja nicht einmal weiß, was ich mit mir nun anfangen will. Force Recon kann ich vergessen. Was soll ich sonst tun? Ich war die ganze Zeit nur Soldat.

»Wollen Sie nicht mit ihr reden?«

Nein. Immer noch nicht.

»Ich weiß, dass es schwer für Sie ist ...«

Woher willst du das wissen? Du hast ja noch beide Beine. Dir wurde ja nicht die Milz rausgenommen. Du hast keine Verletzung an der Schulter, am Arm und am Oberschenkel.

»Ich komme morgen wieder.«

Okay, ich kann aber nicht versprechen, dass ich morgen mit dir rede.

»Ihre Verlobte wartet noch«, zwitschert die Schwester, die in mein Zimmer flattert.

»Sie ist nicht meine Verlobte«, knurre ich.

Sie misst meinen Puls. »Was immer sie ist, sie hat bereits fünf Nächte in diesem Krankenhaus verbracht.«

»Schicken Sie sie weg.«

»Das kann ich nicht. Sie darf warten. Sie tut auch nichts als warten. Sie hat nicht versucht, hier rein zu kommen. Respektiert Ihren Wunsch. Aber ich an Ihrer Stelle ...«

»Sie sind aber nicht an meiner Stelle.«

»Aber wenn ich es wäre, würde ich sie nicht einfach so wegstoßen. Sie brauchen Ihre Familie«, fährt sie unbeirrt fort.

»Sie ist nicht meine Familie.«

»Was nicht ist, kann ja noch werden.«

»Nein.«

»Soll ich sie vielleicht reinholen? Was sagen Sie?«

»Nein.«

Verstimmt trägt sie alles in mein Krankenblatt ein und hüpft dann aus dem Zimmer. Ruhe. Endlich.

»Sergeant Tilman, wie geht es Ihnen?«

Wäre ja auch zu schön, wenn sie mich meinen trüben Gedanken nachhängen lassen würden.

»Blendend.«

»Sarkastisch?«

»Kein bisschen.«

»Ihr Bruder hat angerufen. Er möchte mit Ihnen sprechen.«

»Nein.«

»Wollen Sie Ihre Verlobte sehen? Ich kann Sie reinholen.«

»Nein.«

»Hmmh.«

Auf wie viele Arten kann man unhöflich sein, bis sie es kapieren? Die Ruhe dauert nicht lange.

»Bereit für Ihr Bad?«, kommt die Stimme einer resoluten Schwester.

»Ja. Aber wie soll das gehen? Ich hab nur ein Bein.«

»Sie bekommen ein Bettbad.«

»Was heißt das?«

»Sie liegen im Bett und ich bade Sie.«

Ich schaue sie an, als hätte sie einen Knall. »Äh, wie bitte?«

»Stellen Sie sich nicht so an.«

»Ich möchte ganz sicher nicht von Ihnen gebadet werden.«

»Es ist Badezeit. Sie können hier nicht noch länger stinkend rumliegen.«

»Ich stinke nicht.«

»Ich hole Wasser.«

»Nein, auf keinen Fall! Sie baden mich nicht!«

Sie schaut mich genervt an. »Oftmals baden Angehörige. Aber Sie haben ja keine.«

Als wollte ich, dass Carey mich badet, oder Dad ... Aber Mac? Nein, ganz falsch! Ich will sie nicht mehr in meinem Leben. Da kann sie mich nicht baden.

»Ich warte, bis ich selber ins Bad humpeln kann.«

»Das geht nicht.«

»Doch.« Ich will die Arme vor der Brust verschränken, aber den einen Arm kann ich nicht wirklich bewegen, den mit den beiden Schusswunden.

»Ich oder sie.« Und ich weiß genau, wen sie meint. Ich starre ihr in die Augen, will ihr zeigen, dass ich keine Angst habe. Aber sie starrt einfach nur zurück. Ich befürchte, diesen Kampf gewinne ich nicht.

Aber sie macht nicht den Eindruck, als würde sie besonders sanft mit mir sein ... Wann bin ich eine solche Memme geworden?

»Mac«, sage ich resigniert. Alle sind gegen mich.

Sie schenkt mir ein Lächeln und geht pfeifend zur Tür raus. Es dauert nur ein paar Minuten, bevor Mac ihren Kopf zur Tür reinsteckt. Sie hat tiefe Ringe unter den Augen. Tränen glitzern darin.

»Geht es dir gut?«

»Frag nicht so albern«, zische ich. Es tut mir leid, als ich sehe, dass sie zusammen zuckt.

Die Schwester stellt eine Schüssel mit Wasser, Handtücher und Seife auf den Nachttisch.

»Soll ich Ihnen zeigen, wie es geht?« Ich schüttel den Kopf.

»Nein, das bekommen wir schon hin«, sagt Mac leise.

Jetzt tut sie doch, was ich nicht wollte, dass sie es tut.

Als die Schwester draußen ist, taucht sie einen Waschlappen ins Wasser.

»Mac ... folgende Regeln. Du redest nicht über unsere Vergangenheit. Kein Wort.«

»Aber ...«

»Nein, kein Wort. Ich will nichts wissen. Weder wo du wohnst noch wo du arbeitest noch sonst irgendwas. Nur, wenn du dich daran hältst, darfst du in mein Zimmer kommen. Ist das klar?«

»Aber ...«

»Raus!«

Sie hebt die Hände. »Okay, schon gut. Ich sage nichts.«

»Okay.«

»Ich ... hmmh ... muss dich anfassen.«

»Ja. Du hast gegen die dicke Berta gewonnen.«

Sie lächelt leicht. »Und wenn sie dir Melody angeboten hätten?«

Sie weiß sehr wohl, dass sie gegen jede gewonnen hätte. Auch, wenn ich gar nicht will, dass sie mich wäscht. Aber besser als das Schlachtschiff, oder?

»Ist das die mit dem knackigen Hintern?«

Sie nickt und eine Träne löst sich. Ich bin ein Arsch. Fuck.

Langsam rollt sie die Decke nach unten, zieht das OP-Hemdchen runter. Sie nimmt den Waschlappen und fährt über meine Haut, wäscht alles weg, was mich an den Beschuss erinnert. Sie ist zärtlich, aber gründlich. Sie wäscht meine Arme, meinen Hals, meine Brust, meinen Bauch. Sie zögert, bevor sie langsam die Decke weiter runterzieht. Ich schließe die Augen und stähle mich. *Krieg keinen Steifen. Krieg keinen Steifen. Krieg keinen Steifen.*

Sie macht weiter, wie sie angefangen hat. Zärtlich und gründlich. Und viel zu sexy.

Sie umfasst meinen Schwanz und meine Selbstkontrolle ist dahin. Er wird in ihren Händen hart. Fuck!

»Hunter ...«, flüstert sie heiser.

Ich öffne die Augen und sehe sie an. Sie beugt sich über mich und küsst meine Eichel. Es ist so gut. Es ist so scheiße!

Sie öffnet ihre perfekten Lippen und nimmt meinen Schwanz in den Mund. Sie saugt an ihm, ihre Wangen höhlen sich aus, während sie fester saugt. Fuck! Das ist so perfekt.

Ich kralle die eine Hand in die Laken, lege den Kopf nach hinten, versuche still zu liegen, um meine Verletzungen nicht zu beanspruchen. Fuck!

»Mac«, stöhne ich leise und sie schaut mir in die Augen. Wenn das nicht Liebe ist, dann weiß ich es auch nicht. Fuck!

Ich muss das beenden, ich kann sie nicht so benutzen.

Als hätte sie gemerkt, was ich vorhabe, saugt sie kräftiger, nimmt mehr von mir in den Mund. Und ihre Zunge! Fuck, ihre Zunge leckt an meinem Schaft wie an so einem beschissenen Lutscher! Wie soll ich ihr so sagen, dass sie von mir ablassen soll?

Ich versuche alle Kraft zu sammeln, aber es geht nicht. Statt sie davon abzuhalten, bewegt sich die Hand meines gesunden Arms auf ihren Kopf und hält sie in Position. Sie schaut zu mir auf, hört das abgehackte Atmen und steigert ihre Bemühungen. Ich halte sie fest und schäme mich gleichzeitig dafür. Weil ich sie benutze, obwohl ich sie nicht mehr in meinem Leben will.

Nein, will ist falsch. Haben kann.

Ich stoße an ihrem Rachen an und sie versucht zu entspannen. Ich sehe, dass ihr Tränen in die Augen steigen, weil sie gegen den Würgereiz arbeitet. Ich lockere meine Hand und sie wirft mir einen dankbaren Blick zu, während es nicht mehr lange dauert, bis ich knurrend in ihrem Mund komme. Der Anblick, wie sie mein Sperma schluckt, ist einfach ... phänomenal. Ich weiß, das klingt wie ein Macho, aber wenn dein Mädchen dich so sehr will, dass sie schluckt, dann fühlt man sich plötzlich zehn Meter groß.

Sie küsst mich noch einmal, bevor sie mich zu Ende wäscht. Als sie mein Bein bis zum Verband wäscht, dreht sie leicht ihren Kopf weg.

»Schau mich an.«

Sie schaut in meine Augen. Fest und ruhig und liebevoll.

»Findest du es ekelig?« Und jetzt bin ich es, der seinen Blick abwenden muss, weil ich nicht sehen will, dass sie mich abstoßend findet.

»Hunter, schau mich an.«

Ihre kleine Hand liegt auf meinem Oberschenkel und ich muss zu ihr schauen.

»Für mich bist du der schönste Mann, den ich je gesehen habe. Ich liebe alles an dir. Und dass du eine Prothese tragen wirst, wird nichts daran ändern. Ich finde nichts an dir abstoßend oder ekelig. Alles an dir ist perfekt.«

Ich schlucke schwer, beobachte sie, will sehen, ob sie lügt, aber es scheint ihr Ernst zu sein. Ganz vorsichtig legt sie ihre Fingerspitzen auf den Stumpf. Sie schaut mich an, aber ich bin noch so voller Schmerzmittel, dass ich nichts spüre.

»Alles an dir ist wunderschön.«

Ich nicke leicht.

Sie hilft mir, mich auf die Seite zu drehen, sodass sie meinen Rücken waschen kann. Dann zieht sie mir das Hemdchen wieder an und deckt mich zu. Wie eine Mom, schießt es mir durch den Kopf und mir fällt ihr Baby ein. Ist es ein Junge oder ein Mädchen? Ich hab nie gefragt. Es ist immerhin mit mir verwandt. Da sollte ich zumindest wissen, was es ist.

Aber ich kann sie nicht fragen.

Als sie fertig ist, fragt sie: »Möchtest du, dass ich gehe?«

Ich schüttel zögernd den Kopf. Es ist viel zu schön, Zeit mit ihr zu verbringen. Fuck! Sie hat mich an den Eiern.

Sie setzt sich auf den Stuhl in die Ecke.

»Komm näher«, sage ich leise und sie zieht den Stuhl ans Bett.

Als wäre es ganz normal, greift sie nach meiner Hand. Und meine Hand denkt offenbar auch, dass es normal ist, denn sie drückt ihre.

»Wie geht es dir, Babe?«, fragt sie sanft.

Sie sagt es schon wieder! Ich muss sie wegschicken. Ich kann sie nicht in dem Glauben lassen, dass das mit uns was wird. Und dass sie das so sieht, ist klar. Selbst wenn nichts zwischen uns vorgefallen wäre, könnte ich ihr nicht erlauben, ihr Leben an mich zu verschwenden. Ich muss sie wegschicken.

Irgendwann. Bald. Aber nicht jetzt. Jetzt fühlt sich ihre Hand, die meine streichelt, zu gut an. Jetzt fühlen sich ihre Augen, die mich liebevoll betrachten, zu gut an. Jetzt fühlt sich ihre samtene Stimme, die mich umhüllt, zu gut an. Und eventuell wächst mir gerade eine Pussy ...

»Naja.«

»Ich weiß, dass du Angst hast.«

»Ja, klar ...«

»Du brauchst vor mir nicht den Helden zu spielen.«

Oh, Mac, du verstehst rein gar nichts! Du bist genau die Person, bei der ich den Helden spielen muss, weil ich immer nur *dein* Held sein wollte. Und trotzdem habe ich dir Dinge gesagt und gezeigt, die ich niemandem zuvor anvertraut habe. Habe mich für dich verletzlich gemacht, und was hast du gemacht? Ein Messer genommen und zugestochen!

»Es tut mir leid«, sagt sie.

»Mac«, sage ich warnend.

»Ja, okay. Was darf ich dir denn sagen?«

»Shane sagt, du arbeitest nicht mehr bei ihm.«

Sie nickt. »Ja, das ist richtig. Ich arbeite jetzt für FEmPow. Ich koordiniere Projekte und Kampagnen in ganz Kalifornien. Ich habe das Gefühl, viel bewegen zu können. Es ist auf persönlicher Ebene sehr befriedigend, wirklich zu helfen.«

»Du warst schon immer gut darin, andere mitzuziehen.«

Sie schüttelt den Kopf. »Nein, eigentlich war ich nie gut darin. Ich ... entschuldige.«

»Sprich weiter.«

Sie schaut mich an und ich weiß, sie will etwas über unsere Vergangenheit sagen. Ich beiße den Kiefer zusammen.

»Damals als du zu meinen Reden kamst ... Das war das erste Mal, dass ich gut darin war. Zuvor ratterte ich immer mehr schlecht als recht irgendwas runter. Ich traute mich nicht, mich selbst zu öffnen. Erst als ...« Sie schluckt und schaut mich flehend an. »Erst als ich dir meine Geschichte erzählte, konnte ich sie auch mit anderen teilen.«

»Du hast es Carter nie erzählt?«, frage ich und weiß nicht so recht, warum ich so ein masochistischer Arsch bin.

»Er hat es erst an dem Abend erfahren.«

Ich reiße die Augen auf. »Wirklich?«

»Ja und er war nicht erfreut. Wir hatten einen Riesenstreit danach. Und irgendwie ... war es danach nicht mehr dasselbe.«

»Stopp, Mac. Mehr nicht.«

Sie nickt. »Eine Sache noch?«

Ich schließe die Augen und nicke.

»Ich liebe dich.«

Ich blicke zu ihr, sehe Tränen auf ihren Wangen. »Gott, Mac.«

Sie sieht so klein und zerbrechlich aus. Und irgendwie zerbricht sie meine Mauern und Ketten, die ich um mein Herz gelegt habe. Ich liebe sie, immer noch und es wird sich wohl in diesem Leben auch nicht mehr ändern.

Ich ziehe an ihrer Hand und sie steht auf. Ich rutsche ein Stück zur Seite und schlage die Decke zurück. Sie schaut überrascht, zieht aber dann ihre Schuhe aus und klettert zu mir. Sie weiß nicht so genau, wie sie sich legen soll. Also öffne ich meinen Arm und sie kuschelt sich an mich. Ihr Kopf ruht auf meiner Brust und ich spüre ihren Atem.

Und zum ersten Mal, seit ich in diesem beschissenen Krankenhaus bin, schlafe ich ein.

4

Mac

Es sind ein Schritt vor und drei zurück mit Hunter. Die eine Nacht hält er mich in den Armen, am nächsten Tag wirft er mich wieder aus dem Zimmer. Ganze Tage verbringe ich im Wartezimmer, hoffe auf kleine Infos, die mir meist Carey liefert, weil Hunter dem Arzt verboten hat, mir Auskunft zu erteilen.

Und dann ist irgendwas und er öffnet doch wieder die Tür, lässt mich rein. Jedes Mal sehe ich, dass er dagegen ankämpft, aus welchem Grund auch immer. Ich will ihm unbedingt von Hazel erzählen, aber ich befürchte, dass er momentan nicht in der richtigen Verfassung ist. Er muss erst einmal mit seinen Gefühlen klarkommen, denke ich. Es ist ein Schock. Aufzuwachen und nur noch ein Bein zu haben.

Was ihm am meisten zu schaffen macht, ist, dass er auf Hilfe angewiesen ist. Er lässt sich ungern von mir helfen, aber noch lieber als von Schwester Berta. Sie ist auf meiner Seite, daher droht sie ihm öfter Intimwäschen an, sodass er keine andere Wahl hat, als mich wieder in sein Zimmer zu lassen. Und er mag die Blowjobs.

So sehr, dass er nicht einmal mehr gegen sie ankämpft, wie er es beim ersten Mal getan hat. Manchmal muss man ihn zu seinem Glück zwingen.

Ich liebe es, ihn zu verwöhnen, mag es auch, wenn er mich ein wenig dominiert. Nicht so wie bei Carter. Ich vertraue Hunter voll und ganz. Ich weiß, er tut mir nicht weh, würde mich nie verletzen. Ich habe Carter auch vertraut, aber offensichtlich nicht auf die gleiche bedingungslose Art, wie ich Hunter vertraue.

Wir haben bisher nicht wirklich darüber geredet, aber ich sehe die Dankbarkeit in seinen Augen. Ich weiß nicht wirklich, wie es in Afghanistan ist. Gibt es dort Sexmöglichkeiten? Keine Ahnung. Ich gehe mal davon aus, dass man es sich eher selbst macht, außer man hat sich eine hübsche Soldatin angelacht. Gibt es Bordelle? Vielleicht in den Städten, aber mitten in der Wüste wohl eher nicht?

Naja, in meiner Fantasie jedenfalls hatte er in den acht Monaten seines Einsatzes keinen Sex und daher freut er sich über BJs. Und wenn ich ganz besonders optimistisch bin, dann denke ich, dass er sich über BJs von mir freut.

Ich tigere im Wartezimmer auf und ab und nippe an meinem Kaffee. Ich fliege morgen zurück nach Hause. Jedes Mal, wenn ich Carey anrufe, weint Hazel verzweifelt nach mir. Ich kann sie nicht länger alleine lassen. Ich hatte gehofft, dass ich Hunter nach Hause begleiten kann, aber er muss noch länger hier bleiben. Außerdem hat mir Carey mitgeteilt, dass er gar nicht nach San Diego zurückkommt, sondern nach Virginia, was überhaupt nicht in meinen Plan passt.

Heute ist der letzte Abend, den ich bei ihm sein könnte, und er ist wieder so dermaßen stur, dass ich ausrasten könnte. Ich verstehe ja, dass er Angst hat, dass ich ihn verletzen könnte. Wenn er mich nur ausreden lassen würde! Ich möchte ihm einfach alles erzählen und dann wird alles gut, oder? Doch, ich bin mir sicher. Wenn er nur wüsste, dass ich mich gar nicht für Carter und gegen ihn entschieden habe. Wenn er von Hazel wüsste ... Oh, wäre es süß, wenn er sein kleines Mädchen in den Armen halten würde ...

Ich schleiche mich langsam zum Schwesternzimmer und sehe, dass niemand dort sitzt. Der Flur ist auch frei, also husche ich den Gang entlang und in Hunters Zimmer.

»Raus, Mac!«, knurrt Hunter.

Ich schließe die Tür. »Nein! Ich fliege morgen nach Hause und ich gehe nicht, bevor ich mich nicht verabschiedet habe!«

Sein Gesicht verzieht sich leicht. »Ich will dich nicht mehr sehen.«

»Hunter ...«

»Nein, Mac.«

»Bitte. Ich ... bitte.«

Er schnaubt. »Hast du vielleicht daran gedacht, dass ich nicht will, dass du dich verabschiedest?«

Ich eile an sein Bett und küsse seine Wange. »Ich will auch nicht gehen.«

»Du sollst gehen.«

»Hör mit diesem Blödsinn auf! Du machst mich wahnsinnig!«

»Nein, du machst mich wahnsinnig!«, grollt er. Aber nicht das sexy Grollen, sondern das, mit dem man Feinde in die Flucht schlagen will. »Du hast dich für Carter entschieden! Ich hab dir meine Hand gereicht. Aber du bist geblieben! Du hast mir mein beschissenes Herz gebrochen! Es ist nichts mehr da, was dich lieben könnte.«

»Aber ...«

»Nein, Mac! Hör endlich auf damit. Ich will keine Entschuldigungen von dir oder sonst was. Wir hatten eine Chance und die ist nun vorbei. So ist das eben.«

»Wenn du mir nur ...«

»Geh. Mac, geh. Und komm nicht wieder. Ich brauche dich nicht und mich braucht niemand mehr.«

»Hunter ...«

»Mac! Raus jetzt! Ich will dich nicht mehr sehen.«

»Bitte, lass mich ...«

Sein Gesicht wird hart, als er sagt: »Danke für die Blowjobs, *Doll.*« So eisig habe ich seine Stimme noch nie gehört. Ich zucke körperlich zurück. Es ist als hätte er mir eine Ohrfeige gegeben.

»Aber ...« Weiter komme ich nicht, bevor sich meine Augen mit Tränen füllen.

»Komm her, *Doll.* Gib mir noch einen und dann verschwinde.«

Ich kann nicht richtig atmen. Es kommt keine Luft mehr durch meine zusammengezogenen Lungen. Ich greife mir an den Hals, tränenüberströmt, und gehe langsam rückwärts. Ich stoße gegen die Tür und bin plötzlich auf dem Flur. Die Tür schwingt zu und das letzte Bild, was ich von ihm sehe, sind seine Augen, die so eisig sind, dass ich zu zittern beginne. Ich breche auf dem Boden zusammen und weine so stark, dass es mich schüttelt.

Schwester Berta findet mich, tröstet mich, aber es gibt nichts, was mich in diesem Moment trösten kann. Untröstlich. Wie gut, dass es ein passendes Wort für jede Situation gibt.

»Shhh, schon gut, Mädchen. Sie müssen für ihn stark sein, hören Sie? Er ist momentan nicht er selbst. Das geht vielen Soldaten so, die mit Amputationen leben müssen. Ihnen wird immer eingetrichtert, dass sie körperlich fit sein müssen, all das Training zielt darauf ab, und dann verlieren sie ein Bein oder einen Arm und sie fühlen sich plötzlich wertlos.«

Ich schüttel den Kopf. »Das ist es nicht. Ich habe ihn vor ein paar Jahren verletzt und er kann da nicht drüber hinweg sehen.«

Sie schüttelt den Kopf. »Herzchen, glauben Sie mir. Dieser Junge liebt Sie. Wir alle sehen es. Was glauben Sie denn, warum wir die ganze Zeit versuchen Ihnen zu helfen? Er liebt Sie. Das ist nicht das Problem. Aber er glaubt, dass er nicht mehr genug für Sie sei. Er will Sie nicht belasten, weil er Sie liebt. Er sieht nicht, dass er nicht tot ist, und auch mit einer Prothese ein tolles Leben haben kann. Er muss lernen, sich selbst wieder zu vertrauen, sich selbst anzunehmen, wie er jetzt ist.«

»Meinen Sie?«, frage ich hoffnungsvoll.

»Ich bin mir sicher. Geben Sie nicht auf. Fahren Sie jetzt zu Ihrer Tochter, aber geben Sie ihn nicht auf. Er braucht Sie.«

Ich nicke und sie hilft mir auf die Beine. Ich bleibe einen Moment stehen, während sie in Hunters Zimmer geht. Ich sehe für eine Sekunde sein Gesicht und in mir zieht sich alles zusammen. Er weint und sein ganzer Ausdruck ist verzerrt. Sie hat recht. Er stößt mich weg, weil er glaubt, mich so schützen zu können. So ein Idiot.

Während des Flugs nach Hause erarbeite ich meinen Schlachtplan, der im Grunde nur einen Punkt enthält: *Wenn er dich wegstößt, bist du ein Gummiband und flitschst zurück*. Wir werden sehen, wer sturer ist.

Natürlich tut es weh, wenn er absichtlich grausam ist. Wie die Sache mit den BJs. Er wusste, dass mich das treffen würde, daher hat er es gesagt. Aus professioneller Sicht weiß ich das auch, trotzdem tut es aus persönlicher Sicht weh. Daher sollte man auch niemals Freunde oder Angehörige therapieren. Denn es ist einfach anders, wenn man involviert ist. Da mag der Verstand auf solche Situationen so geschult sein, wie er will, aber das Herz ist es nicht und übernimmt.

Ich muss einfach tief in mein Herz einschließen, dass er mich liebt. Dass er glaubt, mich zu schützen, wenn er mich wegstößt. Dass er mir kein Leben mit einem Pflegefall aufbürden will. Er hat einfach nur keine Ahnung, dass er auch mit Prothese gut leben kann, sehr gut leben kann.

Ich weiß, dass der Weg lang sein wird. Und hart. Und steinig. Und bergig. Ich nehme seine Verletzungen nicht auf die leichte Schulter, aber wir können sie gemeinsam überwinden. Es ist ja nicht so, als wäre er wirklich ein Pflegefall. Das denkt er ja nur. Viele Menschen leben sehr gut mit ihren Prothesen, und um mit dem Verlust klarzukommen, gibt es Therapiemöglichkeiten. Wenn er Phantomschmerzen hat, kann man die Spiegeltechnik anwenden, die sehr gute Erfolge zeigt. Es gibt so viele Möglichkeiten und keine besagt, dass wir nicht zusammen sein können. Oder er nicht ein toller Daddy für Hazel sein kann.

Bei diesem Namen zieht sich mein Herz vor Sehnsucht zusammen. Viel zu lange habe ich sie schon nicht im Arm gehabt. Mein kleines Mädchen. Wie konnte ich sie nur verlassen?

Manchmal muss man harte Entscheidungen treffen und diese ist mir gewiss nicht leicht gefallen, aber Hunter nimmt auch einen großen Teil meines Herzens ein. Und ich wusste ja, dass sie bei Carey und Sheila gut aufgehoben sein würde.

Je näher ich San Diego komme, desto aufgeregter bin ich, weil ich sie gleich sehen werde. Sie holen mich am Flughafen ab und ich kann es nicht erwarten, sie in die Arme zu schließen.

Nichts kann schnell genug gehen. Nicht die Passkontrolle, nicht die Gepäckausgabe, gar nichts. Und dann sehe ich sie. Wie gut, dass Carey riesengroß ist.

Ich laufe auf sie zu, lasse meinen Koffer fallen, sinke auf die Knie und Hazel wirft sich in meine Arme. »Mommy! Du da!«

»Ja, Honey, ich bin wieder da. Ich hab dich so vermisst!« Ich küsse ihr kleines Gesicht, freue mich über ihre Ärmchen um meinen Hals.

Ich stehe langsam mit ihr auf und gehe die zwei Schritte auf Carey zu, der uns beide in die Arme schließt.

»Ich bin so froh, dass du wieder da bist«, murmelt er in mein Ohr und küsst mich auf die Wange.

Ich grinse. »Hat sie dich terrorisiert?«

»Nein«, sagt Hazel, während Carey gleichzeitig scherzt: »Ja!«

Sie schauen einander kritisch an, bevor Carey ihr gegen die Wange stupst und sie grinst. Hier scheint die Welt in Ordnung zu sein.

Carey holt meinen Koffer und gemeinsam laufen wir zum Ausgang. Als ich Hazel in ihren Kindersitz gesetzt habe und die Tür zu ist, sage ich zu Carey: »Danke, für alles. Ohne dich wäre das alles nicht gegangen.«

»Schon gut, Doll. Sie ist meine Nichte und du warst bei meinem Bruder. Da ist es doch klar, dass ich helfe.« Er lächelt traurig. »Obwohl ich ja schon weiß, wie ihr auseinander gegangen seid. Es tut mir sehr leid.«

Ich mache eine wegwischende Handbewegung. »Ach, keine Sorge. Ich habe einen Plan.«

»Okay.«

Wir steigen ein und er fragt: »Und wie sieht dieser Plan aus?«

»Meinst du, es gibt eine Möglichkeit, ihn irgendwie nach San Diego zu holen?«

Er zuckt mit den Schultern. »Wenn er das will mit Sicherheit.«

»Hmmh. Er wird nicht zustimmen.«

»Eher nicht.«

»Mist.«

»Das war schon dein Plan?«

Ich schüttel den Kopf. »Nein, es wäre so nur einfacher gewesen. Aber wenn er es kompliziert machen will, dann machen wir es eben so.«

»Wie machen wir es?«

»Wir ziehen nach Virginia.«

Er zieht die Augenbrauen hoch. »Ihr ... was?«

»Hunter braucht mich, uns.«

»Ja, aber deswegen kannst du doch nicht alles aufgeben! Du hast für alles hart gearbeitet. *Ich* kann nicht ohne euch leben.«

Ich lege meine Hand auf seinen Arm. »Nicht für immer, Carey. Nur für so lange, wie Hunter braucht, um nach San Diego zu kommen.«

»Dann lass Hazel hier.«

»Ich kann nicht. Sie muss mitkommen. Es bricht mir das Herz, nicht bei ihr zu sein.«

Er nickt langsam. »Dann komme ich mit.«

»Aber dein Job ...«

»Scheiß drauf. Hunter ist wichtiger. Ihr seid wichtiger.«

»Kannst du dich beurlauben lassen?«

Er zuckt mit den Schultern. »Werden wir sehen.«

Ich drücke seinen Arm. »Danke, Carey. Danke. Ich wüsste nicht, was ich ohne dich machen würde.«

»Ich auch nicht«, gibt er zurück.

»Arsch.«

»Asch! Asch! Asch!«, kommt es vom Rücksitz. Wieso nehmen Kinder immer nur böse Worte auf?

Carey grinst mich an. »Wir haben jetzt einen Papagei.«

Hazel lacht auf dem Rücksitz.

»Wie sieht der weitere Plan aus?«, fragt er, bevor er in unsere Straße einbiegt.

»Ich setze ihm Hazel auf den Schoß und er soll sehen, wie er klarkommt.«

Er lächelt. »Hmmh. Könnte funktionieren.«

Ich drehe mich zu dem kleinen Sonnenschein um, der auf der Rückbank vor sich hin singt. »Es wird funktionieren.«

Hunter muss noch vier Wochen in Deutschland bleiben, bevor er nach Virginia geflogen wird. Er wird in einer stationären Einrichtung betreut, bis er sich an seine Prothese gewöhnt hat. Er könnte auch eine ambulante prothetische Versorgung in Anspruch nehmen, aber da er ja niemanden in Virginia hat ... O Gott, er hat doch niemanden in Virginia? Zum ersten Mal denke ich über die Möglichkeit nach, dass Hunter vielleicht eine Freundin hat. Nein, bitte nicht! Das geht nicht! Nicht mein Hunter!

»Carey?«, rufe ich. »Hat Hunter eine Freundin?«

Er kommt aus seinem Zimmer. »Keine Ahnung. Er hat nie eine erwähnt, aber es würde mich auch nicht wundern, wenn er eine hätte.«

»Hoffentlich nicht«, murmel ich vor mich hin, während ich Hazels Koffer zu Ende packe.

»Ich würde mal nicht davon ausgehen«, sagt er. »Und wenn doch, wird es nichts Ernstes sein. Keine Konkurrenz für dich und Hazeline.«

Ich muss lachen, weil er ihr immer wieder neue Spitznamen verpasst. »Hazeline?«

Er nickt. »Passt super zu ihr. Oder was sagst du, Hazeline?«

Sie schmachtet ihn an. Onkelkind, sag ich doch.

Wir haben zwei Monate. Zwei Monate, in denen wir ihn überzeugen können, mit uns nach San Diego zu kommen. Länger kann Carey sich nicht beurlauben lassen. Und ich will auch Carey nicht alleine lassen. Er war immer für mich da. Hazel und ich sind seine Familie. Wir können ihn nicht alleine lassen. Also, acht Wochen. Das wird schon. So stur wird er nicht sein. Oder?

»Sollen wir was bestellen oder gehen wir essen?«, fragt Carey und kommt in Hazels Zimmer.

Ich packe gerade ihr Lieblingsspielzeug ein. »Bestellen, oder?«

»Okay.«

»Chinesisch?«

»Klingt gut.«

Er nickt und bestellt. *Wie so ein altes Ehepaar*, denke ich unwillkürlich. Hoffentlich wird das für Hunter nicht komisch.

Albern. Natürlich wird alles komisch für ihn sein. Hazel. Dass Carey und ich zusammen leben. Ob er glaubt, dass zwischen uns was läuft? Bestimmt nicht, oder? Weiß er, dass Carter nicht mehr in San Diego lebt? Ob er seinen Sohn besuchen kommt, wenn er erfährt, dass er in Virginia ist? Ob er wohl jemals Kontakt zu ihm aufgenommen hat?

Wie jedes Mal, wenn ich solche Gedanken habe, melden sich die Schuldgefühle, weil ich das Verhältnis zwischen Vater und Sohn zerstört habe. Vielleicht wäre es doch besser, wenn ich keinen Kontakt zu ihm habe ... Dann kann ich auch nichts kaputt machen.

Nein, nein, nein! Denk nicht so was! Hör auf, dir für alles die Schuld zu geben. Du bist es nicht. Dinge passieren eben manchmal. Und du kannst auch nichts dafür, dass Hunter sich in dich verliebt hat. Wofür du etwas kannst, ist, dass du Carter betrogen hast. Das musst du auf deine Kappe nehmen. Aber zwischen den beiden war schon seit Hunters Entscheidung, ein Marine zu werden, nicht mehr alles in Ordnung.

Und jetzt also Virginia. Das wird. Oder?

Als ich fertig bin, gehe ich zu den beiden ins Wohnzimmer. Sie sitzen mit verschränkten Armen auf der Couch.

»Ich will nicht!«

»Aber du kannst nicht schmutzig bleiben.«

»Doch, kann.«

»Jeder Mensch muss baden, Hazeline.«

»Hazel nicht.«

»Bist du kein Mensch?«

Sie schüttelt den Kopf. Ich lehne mich amüsiert an den Türrahmen.

»Was bist du dann?«

»Kind.«

Ich lächel. Sie ist ja schon schlagfertig.

»Ein Menschenkind.«

Sie schüttelt den Kopf.

»Nein? Was dann?«

»Löwe.«

Er grinst. »Ein Löwenbaby?«

»Grrr«, macht sie, was sich aber eher nach den ersten Fauchversuchen von Simba anhört, als gefährlich zu klingen.

»Löwenbabys werden auch gebadet.«

»Wie?«

»Die Löwenmama leckt die Babys ab.«

»Ihhhh.«

»Willst du vielleicht doch lieber ins Bad oder soll Mac dich ablecken?«

Sie schaut ihn kritisch an. »Aber mit Schaum.«

»Selbstverständlich mit Schaum.«

»Rosa Schaum.«

Er grinst und hält ihr die Hand hin. Sie legt ihre in seine und schüttelt so stark sie kann.

Carey schaut hoch und sieht mich da stehen. »Dein Baby will nicht abgeleckt werden.«

»Das ist vollkommen okay. Ich will so ein schmutziges Baby auch gar nicht ablecken.« Ich verziehe das Gesicht, mache bedrohliche Fauchlaute und schon läuft sie quietschend durchs ganze Wohnzimmer. Ich renne ihr hinterher, sage ihr, dass ich sie fressen will. Sie juchzt auf und flitzt in die sicheren Arme von Carey.

Ich komme ihr hinterher und sie quiekt laut, als ich ihr einen Kuss auf die Schulter gebe und Leckgeräusche mache. Carey lacht und rettet sie vor mir.

»Komm schnell ins Bad, Hazeline.« Sie nickt und gemeinsam sprinten sie aus dem Wohnzimmer. Ich sause hinterher und mache gruselige Geräusche, die sie beide zum Lachen bringen. Carey wirft mir die Tür vor der Nase zu und ich kratze an ihr, während ich Gelächter von innen höre.

»Mac ist irre«, lacht Carey.

»Ja!«, ruft die kleine Verräterin und klatscht in die Hände.

Es klingelt an der Tür und ich bezahle unser Essen.

Als Carey mit einer sauberen Hazeline ins Wohnzimmer kommt, habe ich schon den Tisch gedeckt. Hazel mag gebratene Nudeln nur mit Ei ohne Gemüse und ohne Sauce. Ich hoffe, sie saut sich nicht zu sehr ein. Vielleicht wäre es besser, sie nach dem Essen zu baden ...

Aber es ist auch einfach süß, sie so mit Appetit essen zu sehen, mit den Fingern und irgendwie auch mit dem ganzen Körper.

Carey und ich teilen immer Mu Shu Pork und Spicy Duck. Wirklich, wie so ein altes Ehepaar.

Als Hazel im Bett ist, sitzen wir auf der Couch. »Meinst du, wir schaffen es?«

Er zuckt mit den Schultern. »Wird sind zu dritt und er alleine. Außerdem weiß er nichts von der Geheimwaffe.«

»Geheimwaffe?«

»Hazels Charme.«

Ich lächel leicht. »Ich hoffe, er mag sie.«

Er schaut mich an, als hätte ich den Verstand verloren. »Er wird sie lieben.«

»Ja?«

»Natürlich. Sie ist seine Tochter, außerdem ist sie von dir. Schon allein deshalb wird er sie lieben.«

»Ich hab Angst.«

»Warum?«

»Ich hab das Gefühl, das hier ist die Schlacht um Mittelerde. Unsere einzige Chance.«

»Deine Vergleiche sind scheiße. Es ist vielleicht die letzte Chance, die wir haben, aber es liegt ja an uns, wie lange sie andauert. Wenn wir einfach nicht aufgeben, wird das schon.«

»Wir haben nur acht Wochen.«

»Wir haben nur acht Wochen, um zu entscheiden, dass er es nicht wert ist.«

»Und wenn er es wert ist?«

Er zuckt mit den Schultern. »Können wir immer noch unser altes Leben aufgeben und in ein neues starten.«

»Das würdest du für ihn tun?«

»Er ist mein Bruder. Es gibt nichts, was ich nicht für ihn tun würde. Aber dann würde ich ihm den Kopf abreißen.«

»Ist okay.«

Er lacht. »Mach dir keine Sorgen. Er liebt dich. Jedes Mal, wenn ich mit ihm telefoniert habe und er sich über deine Sturheit aufgeregt hat, hab ich es gehört.«

»Über seine Sturheit kann man sich viel mehr aufregen«, gebe ich zurück.

»Ihr passt gut zusammen, das steht fest.«

»Schon, oder?«

Er stößt mich amüsiert mit der Schulter an. »Yep.«

»Was, wenn er mich nicht zurück will?«

»Kleine Schritte, Doll. Erstmal muss er Hazel wollen. Das genügt fürs Erste ja schon einmal.«

»Naja.«

Grinsend antwortet er: »Doch. Wenn er Hazel will, versteht er ja auch den Rest. Dass du dich von Dad getrennt hast, weil du ihn liebst und so weiter.«

»Keine Ahnung, ob er schlau genug dazu ist«, scherze ich.

»Hey, du redest von deinem zukünftigen Ehemann«, neckt er mich.

»Meinst du?«, frage ich mit aufgeregt klopfendem Herzen.

5

Hunter

Ich wollte, dass sie geht, aber jetzt vermisse ich sie. Die Tage ohne sie sind schwarz und düster. Alles Leben, was sie mir geschenkt hat, ist wie weggeblasen. Ich fühle mich ausgebrannt, leer, allein, nicht gewollt, ungeliebt.

Ich frage mich, was der Sinn ist. Ich hasse meinen Stumpf. Sie haben mit der Kompressionstherapie begonnen, um den Stumpf zu formen, damit ich später weniger Probleme mit einer Prothese habe. Es gab ein paar Komplikationen mit der Wundheilung. Daher konnten sie erst später anfangen, weswegen ich meine Interimsprothese auch erst in Virginia bekomme und nicht mehr hier.

Es hört sich an, als hätte ich zugehört, das habe ich aber nicht wirklich. Weil es mir so ziemlich egal ist, was passiert. Ohne Mac macht mein Leben keinen Sinn. Sie ist mein Sonnenschein. Ich kann nicht ohne sie gesund werden, aber ich kann auch nicht von ihr erwarten, dass sie ihr Leben über den Haufen wirft, um mit so einem Freak wie mir zusammenzuleben.

Ich will keine Last für sie sein. Das ist die eine Wahrheit in meinem Herzen. Ich weiß, dass es Menschen gibt, die mit einer Prothese leben, gut leben. Aber Fire hat sich umgebracht, weil er nicht so leben wollte. Und ich verstehe ihn. Ich fühle mich unmännlich. Nicht ganz. Nicht mehr wie der Elitesoldat, der ich eigentlich sein wollte.

Darüber hinaus wird sie es ekelig finden. So ein Stumpf ist nicht schön. Ich hab ihn jetzt schon ein paar Mal gesehen und jedes Mal musste ich meine Augen schließen, weil ich den Anblick nicht ertragen konnte. Mac wird es nicht anders gehen. Wie soll eine Beziehung funktionieren, wenn sie etwas an mir abstoßend findet?

Ich bin Tag für Tag alleine mit düsteren Gedanken. Als Mac noch hier war, konnte ich mich immerhin damit ablenken, dass ich mir überlegte, was sie wohl im Wartezimmer so alleine macht. Und es hat mich gefreut, dass sie immer da war, dass es egal war, wie oft ich sie weggeschickt habe, dass sie immer wieder gekommen ist.

Aber dann ist sie zurück nach Hause geflogen. Ich bin ihr offenbar nicht wichtig genug, um mit mir gemeinsam den Weg zu gehen. Bei der ersten kleinen Hürde flieht sie. Nein, so jemanden kann ich nicht gebrauchen. Ich brauche niemanden. Und niemand braucht mich ...

Zu wissen, dass ich plötzlich von einem produktiven Teil der Gesellschaft zu einem nutzlosen wurde, macht mich fertig. Ich weiß, dass eine Amputation nicht das Ende der Welt ist, dass man damit normal weiterarbeiten kann, aber ich bin Soldat! Ich brauche meinen Körper, sonst kann ich meinen Beruf nicht ausüben. Mehr noch, ich bin ein Marine. Oder besser, ich war einer. So macht das alles keinen Sinn.

Einen Vorteil gibt es, ich darf mich alleine waschen und die dicke Berta hat das nicht übernommen. Der Nachteil ist natürlich, dass Mac meinen Schwanz nicht mehr lutscht.

Aber ich hab sie ja auch weggeschickt. Und dieses Mal hat sie scheinbar verstanden, dass ich sie nicht will. Ebenso wenig, wie sie mich will.

Vielleicht ist es doch besser, Fires Vorbild zu folgen ...

Als ich in Virginia lande, erwartet mich Carey. Ich bin so überrascht, dass ich vollkommen sprachlos bin.

Ein wenig unsicher lächelnd kommt er auf mich zu und kniet sich neben meinen Rollstuhl. Ich ziehe ihn an mich und eine halbe Ewigkeit umarmen wir uns.

»Fuck, Mann!«, grummelt er.

»Ebenso«, gebe ich zurück und muss mich beherrschen, um nicht in Tränen auszubrechen. Als er sich löst, sehe ich, dass es ihm ebenso geht.

»Was machst du hier?«, frage ich heiser vor Emotionen.

»Was wohl? Dich besuchen.«

»Wieso?«

»Weil du ein sturer Hund bist.«

»Sagt sie das?«

»Sie heißt Mac.«

»Ich weiß, wie sie heißt.«

»Dann benutz doch ihren Namen.«

»Ist sie auch hier?«

»Sie heißt Mac und ja, sie ist auch hier.«

»Ich will sie nicht sehen.«

»Das ist mir egal.«

»Sie kann nicht kommen, wenn ich es verbiete.« Fuck, ich höre mich wie so ein beschissenes Weichei an.

»Du wirst es nicht verbieten.«

»Doch. Ich will sie nicht sehen.«

Carey steht seufzend auf. »Hunter, Mann, sie liebt dich, du liebst sie.«

»Sie soll zu Carter gehen.«

»Ist das dein Ernst?«

»Ja«, sage ich tapfer, obwohl alles in mir schreit, dass sie das bloß nicht tun soll.

»Du bist bescheuert.«

»Sie haben ein Kind zusammen.«

Carey sagt darauf nichts. Kann er offenbar auch nicht, weil ich recht habe. Das ist das Todschlagargument. Sie haben ein Kind zusammen. Sie sollten zusammen sein.

Es wartet ein Rollstuhlbus auf mich, was ich lächerlich finde. Ich könnte mich auch rüber hangeln. Das wäre kein Problem. Aber nein, sie müssen einem ja das Gefühl geben, vollkommen unnütz zu sein. Arschlöcher.

»Und sonst so?«, fragt Carey.

»Und sonst hab ich nur noch ein Bein«, grummel ich.

»Lass das Scheiß-Selbstmitleid!«

»Selbstmitleid? Echt? Fick dich. Ich will dich mal sehen, wenn... Nein, ehrlich gesagt, will ich das nicht. Niemals.«

»Hunter, Mann ...« Er schaut mich ein wenig traurig an.

Ich nicke nur.

Als wir ankommen, werde ich eingecheckt. Ich weiß nicht, ob ich mich richtig entschieden habe, hier stationär bleiben zu wollen. Aber wo sollte ich denn sonst hin?

Fuck, Carey hat recht. Ich bade im Selbstmitleid. Irgendwie ekelig.

Ich lerne den Orthopädietechniker kennen, der mir mein Holzbein anpassen wird. Ob ich dazu auch eine Augenklappe bekomme?

Er schaut sich meinen Stumpf an, der nicht mehr ganz so schlimm aussieht, wie noch vor ein paar Wochen. Abgeheilt ist er. Aber es sieht so falsch aus. Wenn ich da nur hinsehe, wird mir schlecht. Jeder andere würde es genauso sehen. Wie soll ich jemals Mac bitten, mich so zu nehmen? Ich kann nicht. Das ist die Antwort. Ich bin ein Krüppel, ein Freak. Das kann ich niemand anderem jemals antun.

»Das sieht sehr gut aus«, sagt er und ich muss mich abhalten, nicht bitter aufzulachen. »Ich glaube nicht, dass sie große Schwierigkeiten haben werden. Sie sind jung und fit. Das ist definitiv von Vorteil. Und wir können immer wieder Dinge ausprobieren, wenn etwas nicht funktioniert.«

Ich nicke. Was soll ich auch sonst tun, wenn da jemand so tut, als wäre so eine Prothese wie ein Paar Schuhe, die man einfach mal austauschen kann?

»Wir werden in ein paar Tagen Ihre Interimsprothese haben und dann können wir auch mit dem Physiotraining beginnen. Sie werden sehen, Sie lernen im Nu, sich damit fast so gut zu bewegen wie zuvor.«

Große Worte, von denen ich nicht eins glaube.

Danach treffe ich mich mit dem zuständigen Arzt.

»Wichtig ist, dass Sie uns sofort mitteilen, wenn Sie Phantomschmerzen spüren. Wir müssen das gleich im Keim ersticken, sonst baut sich ein Schmerzgedächtnis auf, und dann kann man oftmals nichts mehr tun. Aber zu Beginn können wir mit Medikamenten dagegen wirken oder mit der Spiegeltherapie, die ganz gute Erfolge zeigt.«

»Phantomschmerzen? Also, so, als würde der Unterschenkel noch weh tun?«

»Genau. Vereinfacht dargestellt, empfängt das Gehirn keine Signale mehr des Unterschenkels, wodurch es zu einem Konflikt im Gehirn kommt. Es ist kein durchgehend vorhandener Schmerz, er tritt phasenweise auf, wobei zum Beispiel Stress ihn verstärken kann. Wichtig ist, dass er nicht ins Schmerzgedächtnis aufgenommen wird, denn dann werden Sie ihn kaum noch los.«

Ich nicke. »Alles klar. Bisher habe ich nur Schmerzen im Stumpf selbst verspürt.«

»Nicht jeder Patient leidet unter Phantomschmerz. Sie könnten durchaus auch zu denjenigen gehören, die damit keine Last haben.«

»Wäre nicht das Schlechteste.«

»Sie wollen sich wahrscheinlich ausruhen, aber unsere Wohnbereichsleiterin will auch noch mit Ihnen sprechen, damit auch alles Ihren Vorstellungen entspricht, sodass Sie hier gesund werden können.«

»Danke.«

Sie stellt sich vor, erläutert die Regeln und fragt mich dann, ob ich Besuch empfangen möchte.

»Kann ich jemanden sperren lassen?«

»Natürlich. Es geht hier um Sie und wir wollen alles tun, was wir können, um es Ihnen so angenehm wie möglich zu machen.«

»Mackenzie Hall.« Ich weiß nicht, ob das die beste oder schlechteste Idee der Weltgeschichte ist.

»Sie sollen wir sperren?«

Ich nicke, auch wenn es mir unglaublich schwer fällt, das zu tun.

»Kein Problem. Sonst noch jemanden?« Sie notiert sich ihren Namen.

»Nein, alle anderen sind okay. Nur sie nicht.«

»Alles klar. Kann ich sonst noch etwas für Sie tun, Sergeant?«

»Nein, danke, alles Bestens.«

Als ich in meinem Zimmer bin, hole ich mein Messer aus der Nachttischschublade. Ich teste es mit dem Daumen und sehe eine Spur roter Blutstropfen hervorquellen.

Ich betrachte das Rot an der Klinge und verspüre eine merkwürdige Art von Ruhe. Fühle ich mich so, weil es das Richtige ist? Ist es das Richtige, meinem Leben ein Ende zu machen?

Ich halte es an mein Handgelenk, bereit, die Pulsadern aufzuschneiden. Ich will dieses Leben nicht. Ich will nicht von anderen abhängig sein, will nicht mein Leben lang eingeschränkt sein. Ich kann das nicht. Dazu bin ich nicht geboren. Ich werde nie wieder ein Marine sein, das einzige, was ich immer sein wollte. Und das wurde mir genommen.

Ich kann so nicht weitermachen. Auch das Wissen, dass ich niemals mit Mac zusammen sein werde, bringt mich um. Ich kann nicht gleichzeitig an zwei Fronten kämpfen.

Du bist ein Feigling, sagt eine Stimme in mir, die sich wie Carey anhört.

Tränen befeuchten meine Augen. Ich kann Carey nicht allein lassen, aber ich kann dieses Leben auch nicht führen. Natürlich war mir klar, welche Gefahren auf mich zukommen werden, als ich mich dafür entschied, ein Marine zu werden. Ich wusste, dass es dazu kommen kann, dass ich verwundet werde. Ich dachte, ich wäre stark genug dafür. Damals hatte ich aber auch noch Hoffnung.

Jetzt habe ich keine mehr ...

Ich drücke das Messer gegen die Schlagader, weiß, dass ich einen langen Schnitt setzen muss, um mich zu töten. Und ich schneide ...

Ich spüre die Schmerzen kaum. Ich hab Schlimmeres erlebt. Ich sehe das Blut aus mir herausströmen und fühle mich seltsam befreit. Ich setze an der anderen Seite an und drücke die Klinge in mein Fleisch.

»Sergeant Tilman ...«, sagt eine Schwester, als sie die Tür öffnet. Sie sieht das Blut, drückt auf den Notknopf und eilt an mein Bett. »Was machen Sie denn?«

Sie versucht mir das Messer zu entreißen, aber ich bin stärker und halte es fest. Ich spüre das Blut aus den Schnitten strömen. Nur noch ein paar Sekunden, nur noch ein paar Sekunden und ich habe es geschafft, wenn ich sie nur noch ein bisschen länger aufhalten kann.

Ich weiß, dass dieser Weg feige ist. Ich weiß es. Aber was habe ich denn noch für eine Zukunft? Ist es nicht besser, dem Ganzen jetzt ein Ende zu machen, statt immer bemitleidet zu werden? Das kann ich nicht. Das will ich nicht. So habe ich mir mein Leben nicht vorgestellt, so ... verkrüppelt.

Ein Arzt und zwei Schwestern stürmen ins Zimmer, helfen der ersten Schwester mich zu überwältigen, nehmen mir das Messer weg. Mein Kopf wird nebelig. Ich gewinne ... Gleich wird zu viel Blut aus meinen Adern geflossen sein, um mich noch zu retten. Ich hab's geschafft ...

6
Mac

Wir checken in unser Hotel ein. Carey hat Hazel auf dem Arm, die mir langsam zu schwer wird, um sie den ganzen Tag mit mir rumzutragen. Ich schaue mich um, hoffe, dass das funktioniert. Hoffe, dass ich sturer bin, als Hunter. Hoffe, dass er mich tatsächlich noch genauso liebt wie damals.

Ich bin fest entschlossen. So fest war ich noch nie entschlossen, etwas zu erreichen. Er muss mir einfach zu hören! Es geht nicht anders. Wenn er mich nicht mehr will, ist das eine Sache, aber seine Tochter ... Es ist nicht richtig, die beiden zu trennen.

Wieder einmal frage ich mich, wieso ich einfach nichts gesagt habe. Statt auf ihn zu hören, wenn er böse geschaut hat, hätte ich einfach schreien sollen: »Du hast eine Tochter, du Idiot!«

Wieso habe ich es nicht gemacht? Dann wäre all das nicht möglich ...

Wieso hat Carey ihm in den letzten Monaten nichts gesagt?

Wieso hat Shane ihm nichts gesagt?

Hab ich tatsächlich eine falsche Entscheidung nach der anderen getroffen? Habe ich nichts richtig gemacht? Ich weiß es nicht. Ich dachte, ich würde das Richtige tun, aber ich bin mir nicht mehr sicher, ob das alles so stimmt ...

Vielleicht hätte ich eine Million Flugblätter über Camp Leatherneck abwerfen lassen sollen, damit Hunter erfährt, was wirklich passiert ist ...

Auf einmal erfasst mich Unruhe. Ich schaue zu Carey und Hazel, aber beide stehen noch an der Rezeption. Ihnen geht es gut. Ich erinnere mich an das letzte Mal, als ich plötzlich so ein schlechtes Gefühl hatte. Hunter ... Es ist was mit Hunter.

»Carey!«, rufe ich, und er dreht sich alarmiert zu mir um. »Ruf in dem Center an! Frag nach Hunter!«

»Mach ich gleich.«

»Nein, sofort! Bitte, sofort!«

Seine Augen verlassen meine nicht, als er nach seinem Handy greift, und anruft.

»Hier ist Carey Tilman. Ich möchte gerne meinen Bruder Sergeant Tilman sprechen.« Dann weiten sich seine Augen plötzlich und er wird kalkweiß. O Gott ... Es ist was mit Hunter! Ich wusste es!

Ich kann das nicht ertragen ... Ich sinke zu Boden. Ich kann das nicht. Hunter ...

7

Hunter

Langsam verzieht sich der Nebel in meinem Kopf. Wo bin ich? Was ist passiert? Ich schaue mich um, sehe eine Krankenschwester, die sich über mich beugt.

Und dann fällt es mir wieder ein ... Ich hebe meine Hand, sehe die Verbände ums Handgelenk. Fuck.

»Sergeant Tilman, schön, dass Sie wieder bei uns sind«, sagt ein freundlicher Arzt.

Das ist eine Ansicht, die ich so nicht teilen kann. Meine Empfindungen sind noch die gleichen. Ich will nicht als Krüppel leben, der auf andere angewiesen ist! Und ich weiß, dass es nicht nur mir so geht. Fire hat auch nicht leben wollen. Wie kann ein Mann auch so leben, so abhängig von anderen, an das Mitleid anderer gebunden? Das ist doch gegen jede Idee von einem erwachsenen Mann, der sich um andere kümmern soll. Und wie soll ich Soldat sein, wenn ich keine Chance mehr habe, mein Bein zu benutzen? Wenn es einfach weg ist?

»Sie haben eine erhebliche Menge Blut verloren, aber wir konnten die Blutungen rechtzeitig stoppen.«

Schöne Scheiße. Wieso fragt mich niemand, was ich will?

Und dann sagt er die gefürchteten Worte: »Sie werden die nächsten Tage unter strenger Beobachtung stehen. Tun Sie uns einen Gefallen und versuchen Sie das nicht noch mal.«

Suicide Watch. Na, super. Ich frage mich, ob diese Ansprache schon mal bei irgendeiner Person geholfen hat. *Klar, ich will zwar nicht mehr leben, aber um Ihnen einen Gefallen zu tun, werde ich mein Leben weiterführen.* Was ist das für eine Kacke?

»Sie bleiben erst mal hier auf der Krankenstation. Eine Therapeutin wird sich bald bei Ihnen melden.«

Als hätte ich davon nicht schon genug gehabt. Aber nun gut. Eine mehr schadet wohl auch nicht.

Ich liege ein paar Stunden mit meinen düsteren Gedanken im Bett. Ich weiß nicht, ob ich es wieder versuchen will. Offensichtlich bin ich auch zum Selbstmord nicht mehr zu gebrauchen. Ein beschissener Versager. Fuck! Wieso ist das mir passiert? Wieso? Was ist das für ein beschissenes Schicksal, das mir das Bein raubt? Und damit alles? Fuck!

»Sergeant Tilman«, sagt eine ältere Frau mit grauen Haaren, die zu mir ans Bett tritt.

»Ma'am.«

Sie lächelt mich einen Moment warm an. »Sie sind hier in Sicherheit. Nichts, was Sie sagen, verlässt diesen Raum. Sie sind momentan eine Bedrohung für sich selbst. Ich verstehe, dass Sie sich in einer schwierigen Situation befinden. Es ist nicht leicht, sich an neue Lebensumstände anzupassen, aber es gibt keinen Grund zu verzweifeln.« Ja klar, das kann man immer sagen, wenn man nicht in den Schuhen steckt.

»Teil Ihrer Therapie wird es sein, mit anderen Veteranen in unserer Einrichtung zu sprechen. Manche von ihnen sind gerade dabei, sich mit ihrem neuen Leben zu arrangieren, und andere haben es bereits geschafft. Sie haben noch ein langes Leben vor sich, wenn sie es möchten.«

»Und wenn ich das nicht möchte?«

»Wir können Sie nicht ewig hierbehalten. Aber ich hoffe, dass Sie während Ihrer Zeit bei uns lernen, dass ein Leben mit Prothese nicht das Ende bedeutet.«

»Das bezweifel ich.«

»Das ist Ihr gutes Recht. Aber wir werden uns trotzdem bemühen.« Sie schaut auf ihre Unterlagen. »Warum erzählen Sie mir nicht von Mackenzie Hall.«

Ich zucke bei diesem Namen zusammen und frage mich, was Mac denken wird, wenn sie von meinem Selbstmordversuch erfährt. Sie wird enttäuscht sein. Fuck.

»Wieso wollen Sie über sie sprechen?«

»Nun, sie steht auf Ihrer Blacklist. Warum wollen Sie sie nicht sehen?«

Ich fahre mir über das Gesicht und zucke zusammen, als ich den Schmerz spüre, den mein Handgelenk verursacht. »Ich will sie einfach nicht sehen.«

»Was ist der Grund?«

»Es ist eine lange Geschichte ...«

»Wir haben so viel Zeit, wie Sie brauchen.«

Wieder einmal wird mir klar, dass ich schweigen kann, so wie in Deutschland. Oder ich spreche darüber. Auf meiner ersten Afghanistantour half es ja auch. Wieso also nicht jetzt? Der Gedanke, dass Mac enttäuscht sein könnte, macht mir sehr zu schaffen. Ich will nicht, dass sie schlecht von mir denkt. Ich will nicht, dass sie mich für einen Feigling hält.

»Sie ist ... meine große Liebe.«

Sie nickt langsam, als hätte sie so eine Antwort erwartet.

»Und die Freundin meines Vaters.«

Sie stutzt einen Augenblick und sagt dann: »Erzählen Sie mir von ihr.«

Ich lege den Kopf zurück, schließe einen Moment die Augen. Wo soll ich anfangen? »Als ich sie das erste Mal sah, hasste ich sie. Ich dachte, sie ist nur so eine Goldgräberin, die meinen Dad aussaugen will.«

»Wie alt waren Sie damals?«

»Siebzehn. Mein Bruder Carey und ich fuhren zu meinem Dad nach San Diego über den Sommer und da war sie. Ich hasste sie und versuchte, ihr das Leben zur Hölle zu machen. Wochenlang. Aber sie ließ sich nicht verscheuchen. Und je mehr Zeit ich mit ihr verbrachte, desto faszinierter war ich. Ich fand sie von Anfang an heiß, Gott, sie machte mich fast verrückt. Aber ...«

»Aber?«

»Naja, die Antipathie überwog. Ich wollte sie nicht in unserem Leben, oder besser: Ich wollte sie nicht im Leben meines Dads, wollte sie loswerden, sie flachlegen und sie dann in die Wüste schicken.«

»Hat es funktioniert?«

»Nein. Mac ist nicht so eine. Sie ist gut und rein und nett. Sie wollte weder sein Geld, noch mich. Ich machte sie mehrmals auf eine Art und Weise an, für die ich mich schäme, aber sie ließ sich nicht darauf ein. Sie liebte meinen Dad. Oder liebt. Sie haben jetzt ein Kind zusammen.«

»Wie fühlen Sie sich mit dem Wissen, dass sie glücklich ist, weitermacht und Sie nicht?«

»Zwiegespalten. Ich will, dass sie glücklich ist. Niemand hat es mehr verdient als sie, auch ein Stück Sonnenseite abzubekommen. Aber gleichzeitig wünsche ich mir auch so sehr, dass sie mit mir diese Zeit erlebt. Dass ich derjenige bin, der sie vor Freude strahlen lässt. Und gleichzeitig weiß ich, dass das niemals sein wird. Schon gar nicht jetzt.«

»Warum wird es niemals sein?«

»Wie stellen Sie sich das vor? Selbst, wenn ich kein Krüppel wäre, soll ich mit ihr zusammen das Kind aufziehen, das sie mit meinem Dad hat? Das ist in keiner Weise möglich. Und jetzt ist sowieso alles vorbei.«

»Wieso lassen Sie sie das nicht selbst entscheiden?«

»Sie hat sich ja schon entschieden. Sie hat sich für ihn entschieden und gegen mich.«

Sie nickt langsam. »Keine leichte Situation.«

Ich schüttel den Kopf. »Nein.«

Sie ist einen Moment still, sammelt ihre Gedanken. »Ich glaube nicht an die eine große Liebe. Ich glaube, es gibt viele Menschen, in die wir uns verlieben können, wenn wir es nur zulassen. Aber das können nur wir selbst in die Hand nehmen. Wir können uns entscheiden, das Vergangene hinter uns zu lassen und neu anzufangen.«

Stunden verschmelzen ineinander, Tage ebenso. Ich weiß nicht wirklich, ob ein Tag oder vier oder dreizehn vergangen sind. Ich weiß, dass mir irgendwann meine Interimsprothese angepasst wird. Sie soll mir helfen, mich an die Prothese zu gewöhnen und gleichzeitig auch helfen, herauszufinden, wie man sie formen muss, um mir den größtmöglichen Spielraum zu geben.

Dann bin ich zum ersten Mal im Trainingsraum. Ich sitze noch im Rollstuhl, starre auf das Ding, das da an meinem Bein sitzt. Das soll mich wirklich tragen?

Bevor ich noch den ersten Versuch wagen kann, wird die Tür heftig aufgestoßen.

»Ma'am, Sie dürfen da nicht rein«, versucht eine kleine Frau zu erklären.

Ich blicke auf und irgendwie wundert es mich gar nicht, dass es Mac ist, die da Einlass verlangt. Sie beachtet die Frau nicht, wirft einen Blick durch den Raum, sieht mich und kommt entschlossen auf mich zu. Sie hat ein Kind, ein Mädchen, auf dem Arm.

Fuck, nein. Das geht nicht! Das kann ich nicht!

»Mac, verschwinde«, knurre ich sie an.

Sie schüttelt nur stur den Kopf und kommt näher. Bevor ich noch irgendwas sagen kann, setzt sie mir das kleine Mädchen auf den Schoß und geht ein paar Schritte zurück.

Ich bin wie erstarrt und schaue das kleine Wesen an. Meine Halbschwester. Ich habe eine Halbschwester. Sie schaut mich interessiert an, lächelt schüchtern.

»Was soll das, Mac?«, zische ich leise, will das Kind nicht erschrecken.

Mac verschränkt die Arme vor der Brust. »Wenn weder Carey noch ich Gründe für dich sind, zu leben«, sagt sie mit rotgeweinten Augen, »sie ist es. Sie ist dein Grund zu leben.«

»Nimm sie wieder weg.«

»Nein.«

Was denkt sie sich? Dass ich dieses Kind, auch wenn es meine Halbschwester ist, so sehr lieben werde, dass ich leben will? Lächerlich.

»Sie ist Carters Kind. Soll er sich kümmern.«

Sie lacht bitter auf. »Carters Kind? Sieh sie dir doch an, Hunter! Es gibt nur einen Mann, dem sie wie aus dem Gesicht geschnitten ist.«

Was? Ihre Worte lassen mich zusammenzucken. Die Kleine rutscht von meinem Bein, aber reflexartig halte ich sie fest. Ich bin mir nicht sicher, ob ich zu fest drücke. Ich will ihr nicht wehtun. Ich lege beide Arme um sie, ignoriere den Schmerz, der durch meine Handgelenke schießt. Ist sie meine Tochter?

Ich schaue in ihr Gesicht, das mich vertrauensvoll anlächelt. Ihre braunen Augen haben die gleiche Färbung wie meine. Sie hat meine Haarfarbe. Sie sieht aus wie meine Mom als Kind. Ich habe ihre Kinderfotos noch gut vor Augen. Aber ... dann ... wenn sie wie meine Mom aussieht, kann Carter nicht ihr Dad sein ...

Als diese Erkenntnis durch meine Adern fließt, schnellen meine Augen zu Macs. »Meine?«

Sie nickt unter Tränen. »Ja, deine, Hunter. Sie ist deine Tochter.«

Ich blicke zu diesem kleinen Geschöpf, versuche weitere Ähnlichkeiten zu sehen. Die geschwungene Oberlippe und die volle Unterlippe sehe ich auch im Spiegel. Die Art, wie ihre Augenbrauen geschwungen sind, kenne ich auch. Sie hat nichts von Carter. Genau wie bei mir hat sich der Einschlag meiner Mom voll durchgesetzt.

Meine Tochter. Ich kann es nicht fassen. Meine Tochter.

Aber wie ist das möglich? Wir hatten verhütet! Ich hab extra noch Gummis aus Careys Zimmer geholt. Kann ich das ansprechen? Bin ich ein Arsch, wenn ich es anspreche?

»Aber ...«

»Ja?«, fragt sie mit feuchten Augen.

Ich kann sie nicht fragen. Wie hört sich das denn an? Als würde ich an ihrem Wort zweifeln. Will ich das? Nein, wird mir klar. Mac hat mich nie angelogen. Warum sollte sie es jetzt tun?

Ich bleibe stumm, also sagt sie: »Frag, Hunter. Was immer es ist. Es ist besser, wenn wir darüber reden.«

Ich nicke leicht. Das macht Sinn. Oder ist es eine Falle? »Wir haben Gummis benutzt.« Ich beobachte sie, versuche zu erkennen, ob ich sie verletzt habe.

»Ja, aber sie sind eben nicht immer sicher.«

»Aber es sind dann Anwendungsfehler. Und ich war extra noch in Careys Zimmer, weil meine zu alt waren.«

Ich höre Carey lachen und drehe mich in seine Richtung. Jetzt erst beachte ich ihn. »Scheiße, Mann! Kann sein, dass ich auch welche von dir hatte. Bester Zufall.« Und er sieht so aus, als würde er das wirklich meinen.

Ich blicke auf das kleine Mädchen. Mein Mädchen. Ich glaube ihr. Ich glaube Mac.

»Wie ... Wie heißt sie?«

»Frag sie«, antwortet Mac.

Ich schaue sie an, mein kleines Mädchen. »Wie heißt du?«

»Hazel. Und du?«

»Hunter.«

»Hi«, sagt sie und grinst so süß, dass es an meinem Herzen zieht und zerrt.

»Hi«, sage ich.

Mac kommt zu uns, kniet sich neben den Rollstuhl. »Sweetie, Hunter ist dein Daddy.«

Bei den Worten werden ihre Augen groß und sie schaut bewundernd zu mir. Ich bin mir nicht sicher, womit ich diesen Blick verdient habe, aber er fährt mir durch Mark und Bein.

»Daddy?«, fragt sie verwundert. Sie schaut ihre Mom an.

Mac nickt. »Ja, dein Daddy.«

Sie blickt erneut zu mir. »Du Daddy? Hazel sagt Daddy?« Sie dieses Wort aussprechen zu hören, mich zu fragen, ob sie mich so nennen darf, taut das Eis in mir auf. Ich spüre die ersten Risse in den Ketten, die ich in den letzten Jahren um mein Herz gelegt habe. Spüre, wie der Mörtel in den Mauern bröckelt, die mein Herz umgeben.

»Wenn du willst«, sage ich heiser und bemühe mich, nicht zu weinen.

Eine einzelne Träne gehorcht nicht und Hazel zeichnet mit ihrem Zeigefinger die Spur nach. »Daddy.«

Vielleicht ist es albern, dass ich die ganze Zeit felsenfest angenommen habe, dass sie meine Halbschwester ist, und nun so einfach Macs Worten vertraue. Aber sie fühlen sich wahr und richtig an.

Ich sehe ihn erst wieder an, als er sich auf meiner anderen Seite niederkniet. Carey. Er sieht mich lächelnd an, stupst Hazel gegen die Wange, was sie zum Lachen bringt. Dieses Lachen ... Gott ... dieses Lachen killt mich.

»Was machst du?«, fragt sie mich, während ihre Finger über meinen Bart streichen.

Die Emotionen behindern mein Sprachzentrum oder meine Stimmbänder, denn ich kann gar nichts sagen.

»Hunter ist hier zum Training«, antwortet Mac für mich.

»Wieso?«, fragt sie neugierig.

»Weil er verletzt wurde.«

»Wo?«

»Am Bein.«

Sie schaut suchend meine Beine entlang, bis ihr Blick auf meine Prothese fällt. Sie zieht die Stirn kraus und ich halte den Atem an, weil ich mir nicht vorstellen kann, weiter zu leben, wenn sie das schrecklich findet.

Sie setzt sich anders hin und ihr Rücken ist nun gegen mich gelehnt. Meine Hände liegen auf ihrem Bauch und ich kann mir kein schöneres Gefühl vorstellen, als sie auf meinem Schoß zu halten. Es ist verwirrend, wie viele Gefühle man in einer einzigen Sekunde entwickeln kann.

Ihre Finger tasten über das Ansatzstück, klopfen leicht dagegen. Sie fährt den Rand entlang, dann über den Teil meines Beins, der von einem Strumpf bedeckt ist. Ich hebe das Bein an, sodass sie den mechanischen Teil sehen kann. Sie starrt einen Moment, bevor sie sich an mich schmiegt und sagt: »Daddy, Hazel gewartet.«

»Worauf?«, frage ich sie nach einem Moment und bin stolz, dass ich doch was sagen kann.

»Auf Daddy.«

Mac neigt ihren Kopf gegen meinen Arm und ich höre, wie sie leise schluchzt. Careys Blick ist so emotional, dass ich ihn nicht ansehen kann, sonst fange ich ebenfalls an zu weinen. Hazel streift ihre Schuhe ab.

»Blau Strumpf«, erklärt sie und hebt ihre Beine, so wie ich es zuvor gemacht habe, um mir ihre blaue Strumpfhose zu zeigen. »Daddy schwarz Strumpf.« Ich blicke auf mein Bein. Wo sie Recht hat ...

Ich bemerke jetzt erst, dass es um uns herum vollkommen still ist. Die Frau, die Mac den Eingang verwehrte, schaut mit feuchten Augen zu uns und auch mein Physiotherapeut sieht nicht so aus, als würde ihn das hier kalt lassen.

Ich weiß nicht, was ich machen soll. Ich schaue hilflos durch die Gegend. Mein Blick fällt auf Mac, die mich nicht enttäuscht und sofort zur Hilfe eilt.

»Sweetie, warum gehen wir nicht ein Eis essen und Hunter beendet sein Training?«

Sie schüttelt den Kopf. »Daddy auch Eis.«

»Aber er muss noch sein Training beenden, Sweetie. Dann sehen wir ihn wieder.« Sie wirft mir einen fragenden Blick zu. Ich zucke mit den Schultern und sage stumm: »*Suicide Watch*.« Ich schäme mich so sehr für diese Worte, dass ich sie dabei nicht wirklich ansehen kann. Sie nickt einfach nur und drückt meinen Arm.

Sie steht auf und hilft Hazel von meinem Schoß. Meine Tochter dreht sich zu mir um, grinst und sagt: »Bye, Daddy.«

»Bye, Hazel«, sage ich leise und kann es nicht fassen, was gerade passiert ist. Mac küsst mich auf die Wange und Carey drückt meine Schulter. Ich lege meine Hand auf seine.

»Wir müssen vieles besprechen, aber als erstes danke. Danke, dass du auf meine Tochter aufgepasst hast.«

Er nickt. »Immer, Bro. Immer.«

8
Mac

Im Flur werden wir von einer wütenden Leiterin in Empfang genommen.

»Wie können Sie es wagen? Wir sind für die Sicherheit unserer Patienten verantwortlich. Er hat ganz klare Wünsche geäußert, dass er Sie nicht sehen will.«

Hazels Augen füllen sich mit Tränen und sie umarmt mein Bein. »Sie können ihn gerne noch einmal fragen.«

»Mommy?«, fragt sie leise.

»Alles okay, Sweetie. Wir gehen jetzt Eis essen.«

»Sie verlassen augenblicklich unser Grundstück, sonst rufe ich die Polizei«, giftet sie mich an. Sie hat ja auch recht. Statt ihm seine Tochter zu bringen, hätte ich ihn ja auch abstechen können.

»Das tue ich ja auch. Aber fragen Sie ihn bitte, ob er das Verbot noch aufrechterhalten will.«

Carey kommt aus dem Trainingsraum. »Alles klar?« Er legt mir den Arm um die Schulter.

»Alles klar«, sage ich.

»Oh, nein! Das wird Konsequenzen haben! Sie haben sich über unsere Regeln hinweggesetzt!«

»Sie hat ihm seine Tochter gebracht, Lady«, knurrt Carey.

Ich drücke ihm die Hand auf die Brust. »Carey«, sage ich warnend. Er weiß, dass er sich nicht immer einmischen soll.

»Das ist egal. Wir haben Regeln und diese können Sie nicht einfach brechen, wie Sie das wollen.«

»Okay. Bitte fragen Sie ihn, ob er mich sehen will.«

»Zu diesem Zeitpunkt ist es egal, was er will. Sie haben Hausverbot.«

Hazel fängt an zu weinen und vergräbt ihr Gesicht an meinem Bein. Sie versteht nicht wirklich, was vor sich geht, aber der aggressive Ton macht sie fertig. So wird nicht mit ihr gesprochen. Niemals.

Ich streichel ihren Kopf. »Alles okay, Hazel. Nicht weinen.«

»Das können Sie nicht machen!«, mischt sich Carey ein. »Mein Bruder braucht sie beide, um gesund zu werden.«

»Das hätten Sie sich früher überlegen sollen!«, ereifert sie sich. »Regeln sind nicht da, um gebrochen zu werden, egal, was Sie denken.«

»Es tut mir leid«, sage ich so ruhig, wie ich kann, was nicht leicht ist, wenn deine Tochter neben dir weint, weil so eine alte Schrapnelle rumschreit. »Ich verlasse jetzt Ihr Haus, aber bitte Sie, sich zu überlegen, ob Sie wirklich wollen, dass Hunters Genesung verlangsamt wird. Bitte.«

Ich hebe Hazel hoch und ziehe an Careys Hand.

Als wir draußen sind, schnaubt er wütend. »Das können sie nicht machen!«

»Doch, können sie«, sage ich. »Aber vielleicht ist das auch eine Chance.«

»Eine Chance?«

Ich nicke. »Wie hat er deiner Meinung nach auf sie reagiert?«

»Positiv.«

»Denk ich auch. Vielleicht ist er bereit, nach San Diego zu kommen, wenn er erfährt, dass wir ihn nicht mehr besuchen dürfen.«

Carey schaut mich an. »Du bist schon ein durchtriebenes Luder.«

Ich zucke mit den Schultern. »Ich will ihn zu Hause haben.«

»Ich auch.«

Ich halte ihm die Hand für einen High Five hin und er schlägt grinsend ein.

»Eis!«, verlangt die forsche Zweijährige auf meinem Arm.

»Okay.«

Wir fahren in ein Eiscafé in der Nähe. Als wir an einem Tisch sitzen, sage ich: »Er sah schlecht aus.«

»Ja. Aber sein ganzes Gesicht hat aufgeleuchtet, als er sie gesehen hat. Sie ist sein Grund.«

Ich schaue aus dem Fenster, kann nicht ganz verbergen, dass es mich traurig macht. Dass er sie will, bedeutet nicht, dass er auch mich will. Es ist ein Fuß in der Tür, aber mehr auch nicht. Nur weil ich mir erhoffe, dass wir unser Happyend bekommen, heißt es nicht, dass Hunter das ebenso sieht. Vielleicht ist für ihn zu viel geschehen. Vielleicht ist er auch gar nicht mehr der Mann, der er vor seinen Touren nach Afghanistan war. Wahrscheinlich sogar nicht. Solche Erlebnisse prägen einen, ändern die Sichtweise. Vielleicht hat er für sich einen anderen Weg gefunden.

Aber ich bin froh, dass er Hazel ganz offensichtlich will. Man konnte es richtig sehen. Seine Entschlossenheit, sie in seinem Leben zu haben. Es war so schön anzusehen. Es war so schön, meiner Tochter ihren Dad vorstellen zu können. Dieser Augenblick wird auf jeden Fall für immer in meinen persönlichen Top Fünf sein. Bisher gehören noch Hazels Geburt und die eine Nacht mit Hunter dazu. Technisch gesehen, ist es also momentan eine Top Drei, aber ich hoffe ja auf weitere tolle Momente mit Hunter und Hazel ... und vielleicht weiteren Kindern. Aber damit bin ich mal wieder hundert Schritte voraus.

»Mac, ich glaube nicht, dass du kein Grund für ihn bist«, sagt Carey, als hätte er meine Gedanken gelesen. »Er hat nur gedacht, dass er dich nicht mehr haben kann.«

»Werden wir jetzt immer Angst haben müssen, dass er sich umbringt?«, frage ich leise, während Hazel das Eis über sich selbst und den Tisch verteilt.

»Nein, Mac, nein. Ich glaube auch nicht, dass er sich wirklich umbringen wollte. Es war mehr ein Hilferuf.«

»Es wird kein leichter Weg.«

Er zuckt mit den Schultern. »Nein, aber wer hat auch jemals behauptet, dass die guten Dinge einfach zu haben sind?«

»Mommy?«

»Ja, Sweetie?«

»Mag Daddy Eis?«

»Jeder mag Eis.«

Sie lächelt. »Hazel is froh.«

»Wieso?«

»Weil Hazel Daddy hat.«

Ich streichel ihr über den Kopf. »Ich bin auch froh, dass du deinen Daddy jetzt hast.«

Sie nickt zufrieden und patscht mit der Hand in ihrem Eisbecher.

»Ich besuche ihn morgen.« Carey schaut mich an.

»Okay. Aber ich glaube nicht, dass wir ihn während seiner Beobachtungsphase zu sehen bekommen.«

»Das wird schon«, meint er grinsend.

»Welche wirst du bezirzen?«, frage ich scherzend.

»Die Blonde, die dich heute nicht abhalten konnte.«

»Interessante Wahl.«

»Denke ich auch.«

»Wenn du da mal nicht wieder zu viel erwartest.«

»Hey, Doll. Du kennst mich. Mir kann keine widerstehen.«

»Arroganter Sack!«

»Sack!«, kräht der Papagei und Carey lacht sich kaputt.

Am nächsten Tag fahren wir mit Carey. Vielleicht hat Hunter von alleine darum gebeten, mich auf die Besucherliste zu setzen.

»Tut mir leid«, sagt die Blondine, auf die Carey sein Auge geworfen hat. »Sie müssen gehen, sonst muss ich den Sicherheitsdienst rufen.«

Ich nicke und drehe mich zu Carey. »Dann nimm Hazel mit.«

Er schaut mich erstaunt an. »Wirklich? Ich dachte, er soll denken, dass er seine Tochter nie wieder sieht.«

Ich schüttel den Kopf. »Nein. Er soll wissen, dass er sie immer sehen darf, auch wenn wir beide kein oder ein schwieriges Verhältnis haben.«

Er nickt und hebt Hazel hoch. »Gehen wir zu Daddy?«

Sie klatscht in die Hände und jauchzt.

»Ich fahr zurück ins Hotel. Ruf an, wenn ich euch abholen soll.«

Er nickt und sie winken mir zu. Es fühlt sich richtig scheiße an, sie beide nun alleine zu Hunter gehen zu lassen.

9

Hunter

»Worüber wollen Sie heute sprechen?«, fragt mich meine Therapeutin.

»Hazel.«

Sie zieht die Augenbrauen zusammen. »Wer ist Hazel?«

»Meine Tochter«, sage ich und ich kann es nicht verhindern, dass sich ein stolzes Lächeln auf mein Gesicht stiehlt.

»Ich wusste nicht, dass Sie eine Tochter haben?«

Ich grinse leicht. »Ich auch nicht.«

»Okay.«

Ich bin noch ganz aufgeregt, wenn ich an Hazel denke. Mac hat mir damit das größte Geschenk gemacht, dass sie mir hätte machen können. Und sie hat recht. Hazel ist mein Grund zu leben. Aber zu wissen, dass ich zusammen mit Mac ein Kind habe, dass sie und Carey die ganze Zeit versucht haben, mir das zu sagen, dass sie offensichtlich nicht wieder mit Dad zusammen gekommen ist ... Oder? ... das tut was mit mir. Eigentlich dachte ich, dass meine Gefühle für sie einschlafen würden, irgendwann, aber sie sind stärker als je zuvor.

»Mac hat wohl erfahren, dass ich versucht habe, mich umzubringen.« Sie nickt. »Naja, jedenfalls platzte sie, obwohl sie auf der Blacklist steht, gestern in meine erste Trainingsstunde, setzte mir ein kleines Mädchen auf den Schoß und sagte, dass sie meine Tochter sei.«

»Aber Sie dachten doch ...?«

»Ja, ich dachte, sie wäre Carters Kind, aber es hat sich herausgestellt, dass sie es nicht ist.«

»Gibt es denn eine Chance, dass sie Ihre Tochter ist?«

Ich nicke. »Ja, die gibt es. Vor knapp drei Jahren hatten wir eine gemeinsame Nacht.«

»Während sie mit Ihrem Dad zusammen war?«

»Ja.«

»Könnte er nicht doch ihr Vater sein?«

»Mac würde mich nicht anlügen.«

»Vielleicht weiß sie es nicht besser.«

Ich zucke mit den Schultern. »Ich hatte keine Zeit mit ihr darüber zu reden. Seit dieser einen Nacht gehe ich ihr erfolgreich aus dem Weg. Wenn wir uns gesehen haben, habe ich sie immer sofort zum Schweigen gebracht, sodass sie keine Chance hatte, mir irgendwas zu sagen.«

»Was hat sich geändert?«

»Ich weiß es nicht, aber ich schätze, dass sie Angst hatte, dass ich mich tatsächlich umbringen würde.«

»Hat sie es vielleicht deswegen nur erfunden?«

Ich schüttel den Kopf. Ich bin mir sicher, dass würde sie nicht tun. »Ich vertraue ihr. So komisch das klingen mag, aber Mac ist eine von zwei Personen, denen ich immer vertrauen würde.«

»Dann sollten Sie mit ihr reden.«

»Das will ich auch. Ich will jetzt alles wissen. Aber ...«

»Aber ...?«

»Hmmh. Ich bat darum, sie auf meine Besucherliste zu setzen, aber das wurde verweigert, weil sie gestern Hausfriedensbruch beging. Mir wurde gesagt, dass sie froh sein könne, dass sie nicht angezeigt wurde.«

Ihre Augenbrauen ziehen sich zusammen. »Ich werde schauen, was ich machen kann. Wie war es, Ihre Tochter auf dem Schoß zu haben?«

»Unglaublich«, sage ich und versuche nicht einmal mehr, das Strahlen zu verbergen. »Sie ist süß und niedlich und sie hat Daddy zu mir gesagt. Offensichtlich hat ihr Mac immer von mir erzählt. Es hat mich so glücklich gemacht, aus ihrem kleinen Mund diese Worte zu hören. Ich hatte sie in den Armen, sie hat sich an mich gekuschelt. Ich wusste nicht, dass Zweijährige so anhänglich sein können.«

Sie lächelt auch. »Wenn Mac ihr immer von Ihnen erzählt hat, dann glaubt sie wahrscheinlich, dass sie Sie bereits kennt.«

»Es war der schönste Augenblick in meinem Leben. Aber er hat auch zu noch nie gekannter Reue geführt. Ich bereue, dass ich Mac nie zugehört habe, dass ich nicht bei ihrer Geburt dabei war. Dass ich sie nicht mit dickem Bauch gesehen habe. Ich bereue, dass ich ihren Bauch nie gestreichelt habe, nicht die Chance hatte, die Nabelschnur durchzutrennen. Ich bereue jeden einzelnen Tag, an dem ich nicht bei ihr war. Es frisst mich beinahe auf, dass sie alles alleine durchgemacht hat und ich nicht für sie da war.«

»Es wird immer Dinge geben, die wir im Nachhinein anders machen wollen, wichtig ist doch nur, dass wir von jetzt an alles tun, was in unserer Macht steht, um nicht die gleichen Fehler erneut zu machen.«

Ich nicke. »Ich will mein Leben nicht mehr ohne Hazel leben.«

»Und ohne Mac?«

Ich zucke mit den Schultern. »Ich will sie. Ich liebe sie so sehr, aber ... Ich ...« Ich schlucke. »Wie kann sie mich lieben, wenn ich so unvollkommen bin?«

»Hunter, Sie müssen aufhören zu denken, dass Ihr Leben nun vorbei ist, nur weil Sie ein Bein verloren haben. Es ist nicht vorbei. Sie sind jetzt nicht weniger ein Mann als zuvor. Sie haben schlimme Dinge erlebt und haben sie überlebt. Sie können auch dieses Hindernis überwinden. Wenn Sie mit Mac zusammen sein wollen und sie mit Ihnen, gibt es keinen Grund, warum sie das nicht sein sollten.«

»Ich kann Mac das nicht antun.«

»Sie muss das selbst entscheiden. Sie werden sowieso schon ein Teil ihres Lebens sein, wenn sie sich um Hazel kümmern wollen. Wieso also nicht vollständig, wenn Sie beide es wollen?«

»Ich ...« Ja, was? Wieso versuche ich, sie immer noch von mir zu schieben? »Ich hab Angst«, gebe ich dann zu.

»Wovor?«

Ich reibe mir den Nacken. »Dass sie mich nicht mehr sexy findet. Ich weiß, dass ist total oberflächlich, aber ...«

»Das ist okay. Natürlich haben Sie diese Befürchtung. Sie müssen sich erst selbst an Ihre Prothese gewöhnen und ja, Sie sehen jetzt anders aus. Aber Liebe und Gefühle sind doch mehr als nur das Aussehen einer Person. Sie liebt Sie doch nicht, weil sie Ihre Haare toll findet, sondern weil sie Sie toll findet.«

»Aber ...«

»Stellen Sie sich die Situation umgekehrt vor. Stellen Sie sich vor, sie hätte ihr Bein verloren. Würden Sie sie weniger lieben?«

Vehement schüttel ich den Kopf, bevor quasi ein ganzer Glühbirnenladen in meinem Kopf gezündet wird.

»Sehen Sie? Wenn sie Sie liebt, dann nicht, weil Sie zwei Beine haben, sondern wegen ganz anderer Dinge. Gehen Sie es langsam an. Überstürzen Sie es nicht. Vielleicht haben Sie beide sich zu sehr verändert, aber stoßen Sie sie nicht weg. Geben Sie ihr die Chance, ihre eigenen Entscheidungen zu treffen.«

»Vielleicht habe ich auch davor Angst. Davor, dass ich in den letzten drei Jahren ein ganz anderer Mensch geworden bin und sie mich nicht mehr liebt.«

»Was ist, wenn sie es doch tut?«

Mein Mundwinkel zuckt.

Nach der Sitzung wird mir mitgeteilt, dass ich Besuch habe. Es kann nur Carey sein. Ob er Hazel mitgebracht hat? Ob Mac sie mit ihm gehen lassen würde? Ich hoffe es! Ich habe die ganze Nacht wach gelegen und an meine kleine Tochter gedacht. Ich habe nachgerechnet, dass sie im Januar vor zwei Jahren auf die Welt gekommen sein muss, somit ist sie jetzt zwei Jahre und einen Monat.

Ich habe noch nie erlebt, dass ich jemanden so schnell so geliebt habe. Nicht mal mit Mac ging das so schnell. Aber Hazel ... Hazel hat mein Herz gestohlen. Ich bin Mac so dankbar, dass sie es mir doch gesagt hat, obwohl ich es ihr verboten hatte. Fuck, wenn ich daran denke, wie ich sie in Deutschland behandelt habe! Ich schäm mich so.

Und trotzdem ist sie hierher gekommen, nach Virginia, mit meiner Tochter. Hat mir dieses unglaubliche Geschenk bereitet. Vollkommen selbstlos.

Als ich in den Besucherraum komme, sitzt Hazel an einem Tisch und malt. Carey sitzt neben ihr und macht Scherze mit ihr. Sie lacht. Ich spüre einen kleinen Stich in meinem Herzen, als ich sie so vertraut sehe, aber dann sieht sie mich, ruft: »Daddy!« und läuft zu mir.

Da ich noch nicht ganz sicher mit der Prothese bin und nicht mit Krücken laufen wollte, schließlich kann ich sie dann nicht im Arm halten, sitze ich im Rollstuhl.

»Hey, Hazel.« Ich strahle sie an. Sie hebt ihre Ärmchen und mein Herz setzt eine Sekunde aus, bevor ich sie hochhebe und sie kurz an mich drücke.

Sie kichert, fasst mit ihren kleinen Händen mein Gesicht an, streichelt meinen Bart, während sie mir einen Kinderkuss auf die Wange gibt. Nie habe ich etwas Besseres gespürt. Ich setze sie auf meinen Schoß und versuche uns irgendwie zum Tisch zu bringen, ohne sie loszulassen.

Lachend kommt uns Carey zur Hilfe.

»Hey, Alter«, sagt er und klopft mir auf die Schulter.

»Bro«, antworte ich und er grinst.

»Bild für Daddy«, sagt Hazel und ist auf einmal ganz schüchtern.

Ich betrachte das Bild, und auch wenn es nur lila und blaues Gekrakel ist, lobe ich es ausführlich. Sie strahlt, als sie hört, dass es mir gefällt.

»Ich hänge es neben meinem Bett auf«, verspreche ich ihr.

»Mac schickt dir auch was«, sagt Carey und reicht mir eine Papiertüte.

Ich fasse hinein und ziehe einen Bilderrahmen mit einem Foto von Hazel heraus. Es scheint ein Bild von ihrer Geburtstagsfeier zu sein. Sie zermatscht eine Torte, hat den Mund voller Sahne und lacht so herzlich, dass mir das Herz aufgeht.

»Sie hat jeden einzelnen Tag für dich festgehalten.«

Ich schaue ihn an. »Wie bitte?«

»Sie hat jeden Tag Bilder von Hazel gemacht und Videos und Tonaufnahmen und aufgeschrieben, was an dem Tag alles passiert ist. Damit du dir das eines Tages ansehen kannst und all das, was du verpasst hast, auch erleben kannst.«

Ich bin sprachlos. Vollkommen sprachlos. »Fuck.«

»Fak! Fak! Fak!«, wiederholt Hazel.

Carey grinst. »Du wirst bald lernen, dass man solche Worte nicht in Gegenwart von kleinen Kindern sagt, denn sie plappern alles nach.«

»Mac bringt mich um.«

»Ach, Quatsch. Mich bringt sie auch nicht um und sie hat schon jede Menge schlimme Worte gehört. Und selbst Mac redet nicht immer perfekt.«

»Fak!«

Ich muss lachen, weil es so typisch ist. Der lang verschollene Vater kommt zurück und bringt der kleinen Tochter erst mal schlimme Worte bei. Hazel will auf ihren eigenen Stuhl und ich helfe ihr. Sie beginnt ein neues Bild zu malen.

»Wieso ...?« Ich weiß, wieso.

»Du hast mir verboten, über Mac zu sprechen. Ich wollte es dir sagen, aber wir ... Mac und ich waren beide so froh, dass du wieder Kontakt zu mir aufgenommen hast. Das wollte ich nicht kaputt machen, indem ich deine Regeln missachte.«

»Es hätte alles geändert ...«, sage ich tonlos.

Er nickt. »Ich weiß. Aber du hast ja nicht mal ihre Mails gelesen. Sie hat dir so oft geschrieben, dir so oft von Hazel erzählt ... ich ... Es tut mir leid.«

»Wieso hat sie in Deutschland nichts gesagt?«

»Du musst mit ihr sprechen, Hunter. Sie wird dir alles sagen, das weißt du. Ich kann dir nur sagen, dass kein Tag vergangen ist, an dem sie nicht an dich gedacht hat, von dir geredet hat. Sie hat ihre kleine Tochter allein gelassen, um zu dir nach Deutschland zu kommen. Ich mein ... sagt dir das nichts?«

Ich schaue zu Hazel, kann mich kaum sattsehen an diesem kleinen Wunder. Mit einem äußerst konzentrierten Ausdruck malt sie hingebungsvoll Kreise auf das Blatt und jede Menge Hs.

»Ich hab angenommen, dass sie ...« Ich breche ab.

»Dass sie mit Dad zusammen ist?«, fragt er nach und ich nicke leicht. »Nein. Sie hat sich in dieser Nacht für dich entschieden. Seitdem war sie nicht mehr mit ihm zusammen.«

»Aber ...«

»Rede mit ihr, Hunter. Sie kann dir alle Fragen beantworten. Ich kann das nicht.«

»Sergeant Tilman«, sagt eine Frau neben mir. Ich blicke auf und sehe meine Therapeutin.

»Ma'am?«

»Ich habe mit der Leitung gesprochen, aber sie sind nicht bereit, eine Ausnahme zu machen.«

»Was bedeutet das?«

»Ms. Hall darf nicht wieder in dieses Gebäude hinein.«

»Das können Sie nicht machen!«

Sie hebt beschwichtigend die Hände. »Es tut mir leid. Ich habe versucht, sie umzustimmen, weil ich denke, dass es Ihnen gut tut, wenn sie hier wäre. Aber ich konnte leider nichts erreichen.« Ihr Blick fällt auf Hazel. »Ist das Ihre Tochter?«

Ich hätte es nie gedacht, aber eine gehörige Portion Vaterstolz steigt in mir auf. »Ja, das ist Hazel.«

Sie lächelt freundlich. »Hi, Hazel.«

Hazel schaut nicht zu ihr, rutscht von ihrem Stuhl und schmiegt sich an mein Bein, an meine Prothese. Sie umklammert mich mit ihren Ärmchen und ich streichel ihr den Kopf. Ich habe nicht damit gerechnet, dass sie fremdelt, weil sie das bei mir nicht getan hat. Aber vielleicht hatte sie auch einfach keine Chance, weil Mac sie mir einfach auf den Schoß gesetzt hat.

»Hazel?«, frage ich leise. Sie schaut zu mir hoch und ich sehe ihre Unterlippe zittern. Ganz so forsch scheint sie doch nicht zu sein.

Meine Therapeutin lächelt, als sie sieht, dass Hazel ihren Kopf gegen mein Bein drückt. Ein wenig hilflos schaue ich zu Carey, der vor sich hin grinst, aber sich nicht rührt.

»Hazel, alles okay?«, frage ich und sie nickt.

»Möchtest du auf meinen Schoß?«, frage ich, weil ich keine Ahnung habe, was sie will.

Sie nickt wieder und ich umfasse sie mit meinen Händen, um sie hochzuziehen. Kaum sitzt sie, kuschelt sie sich gegen mich und schaut meine Therapeutin an.

»Hi. Das ist Daddy.«

Sie nickt. »Ja, ich weiß.« Sie kniet sich hin. »Ich bin Camille. Wie geht es dir?«

»Gut. Haze malt.«

Es ist erstaunlich, zu sehen, dass sie jetzt plötzlich nicht mehr so schüchtern ist.

»Das ist ein schönes Bild. Was ist das?«

Hazel beugt sich nach vorne und zieht das Blatt näher. Sie zeigt auf einen großen roten Kritzelfleck. »Daddy.« Dann zeigt sie auf einen kleineren blauen. »Mommy.« Als nächstes ein großer grüner. »Ree.« Und schließlich zeigt sie auf einen kleinen gelben. »Haze.«

»Deine ganze Familie«, stellt Camille fest.

Hazel nickt. »Ja. Daddy ist da.« Sie schaut zu mir, und auch wenn ich noch keine Ahnung von der Mimik meiner Tochter habe, sehe ich, dass sie zufrieden aussieht.

Ich stupse sie mit dem Fingerknöchel gegen die Wange, wie es Carey gestern gemacht hat, und sie grinst breit. Ihr ganzes Gesicht leuchtet auf. Irgendwie kann ich nicht anders und ziehe sie an mich. Ihre Füße kommen auf meinem Oberschenkel zum Stehen und ihre Ärmchen fassen an mein Gesicht, streicheln über meinen Bart. Sie lacht leise. »Pikst.«

Ich lächel sie an und hoffe, dass ich ihr zeige, wie begeistert ich von ihr bin. Ich will mich ja nicht selber loben, aber das Kind hat gute Gene. Und ganz offensichtlich eine tolle Mom ...

Nie habe ich Mac mehr vermisst, als in diesem Moment.

Camille schaut irgendwie genügsam, als sie diesen ... man muss ihn als solchen bezeichnen ... epischen Moment zwischen mir und meiner Tochter beobachtet. Sie steht wieder auf und lächelt, bevor sie sagt: »Wir sehen uns morgen.« und dann den Raum verlässt.

Ich betrachte Hazel und denke, dass Mac schon erstaunlich ist. Sie hat meine Bedürfnisse über ihre eigenen gestellt. Es kann nicht leicht für sie sein, von diesen ersten Bindungsmomenten zwischen uns ausgeschlossen zu sein. Trotzdem tut sie es für mich. Ich weiß natürlich nicht, ob das so stimmt, aber ich denke, dass sie mir zeigen will, dass sie mich im Leben unserer Tochter haben will. Der Gedanke macht mich sehr dankbar.

»Soll ich herausfinden, ob du nach San Diego überwiesen werden kannst?«, fragt Carey.

Ich nicke. »Ja.«

»Ambulant oder stationär?«

Auch wenn ich ambulant sagen will, wir dürfen nichts überstürzen. Wir müssen es langsam angehen lassen, müssen uns Zeit nehmen, uns wieder kennenlernen. Ich kann nicht einfach in ihr Leben platzen. Ich weiß ja nicht mal, wie sie wohnt, ob sie genug Platz für mich hat. Ich weiß gar nichts über sie, wird mir dabei klar. Und das ist ganz allein meine Schuld ...

»Stationär.«

Carey nickt und steht auf. Ich spüre Panik in mir aufsteigen.

»Carey, nicht ...«

Er grinst. »Läuft doch prima. Ich bin gleich zurück.«

Und dann bin ich zum ersten Mal allein mit meiner Tochter. Ich frage mich, was ich tun soll, wenn sie von meinem Schoß fällt, oder wenn sie wegläuft. Ich komme ihr nicht hinterher. Fuck, ich bin vollkommen hilflos, wenn ich nicht lerne mit dieser blöden Prothese klarzukommen.

»Daddy?«

»Ja?« Wie soll ich sie denn nennen? Hazel? Oder Honey oder Sugar? Keine Ahnung! Ich merke gerade, dass ich irgendwie überhaupt nicht ausgestattet bin, um Dad zu sein. Das ist schlimmer als jeder Einsatz in Afghanistan. Wirklich.

Wie kann man so fasziniert von einer Person sein, und gleichzeitig auch solche Angst vor ihr haben? Was ist, wenn sie mich nicht mag? Oder schlimmer, wenn sie Carey immer lieber mögen wird, als mich? Was darf sie und was darf sie nicht? Kann ich streng mit ihr sein oder würde ich dann immer befürchten müssen, dass sie mich nicht mehr lieb hat?

Mein Puls steigt. Ich spüre, wie sich Schweiß auf meiner Oberlippe bildet. Gott. *Sie ist nur ein kleines Kind und du bist ein verfickter Marine*, sage ich mir vor. Aber die Wahrheit ist ... sie ist *mein* kleines Kind. Es ist mir egal, was andere Menschen von mir halten. Aber ich könnte es nicht ertragen, wenn Hazel mich nicht leiden könnte.

»Baum malen«, sagt sie und hält mir einen lila Stift hin.

»In lila? Nicht in grün?«, frage ich nach.

Sie schüttelt vehement den Kopf. Na gut. In lila. Ich bin kein großer Künstler, aber einen Baum werde ich ja wohl noch hinbekommen. Ich mal ein eher rudimentäres Gebilde. Stamm aus zwei Strichen und dann irgendeine fluffige Wolke als Krone.

»Hund malen«, sagt sie giggelnd.

Als nächstes verlangt sie wahrscheinlich die Sixtinische Kapelle... Ich gebe mein Bestes, auch mit den bandagierten Handgelenken, einen lila Hund zu malen. Er hat Ähnlichkeit mit einem Schwein, aber sie klatscht begeistert in die Hände.

»Pferdchen.«

Ich befürchte Schlimmes, denn offensichtlich muss meine Tochter nur sagen ›Spring‹ und ich frage ›Wie hoch?‹. Ich erwische mich dabei, dass ich ein Pferd male. Aber dieses Mal in grün. Offensichtlich gibt es keine lila Pferde.

Ich beobachte sie. Die ganze Zeit. Vielleicht sind deshalb meine Zeichnungen auch so schwach. Nein, streich das. Ich bin ein mieser Da Vinci. Aber ich schaue sie an. Sehe so viel von Mac in ihr, aber auch so viel von mir. Sie ist tatsächlich mein Ebenbild. Mein perfektes kleines Mädchen.

Ich kann gar nicht beschreiben, wie ich mich fühle. Ich bin so voller Glück ... Ich habe nie gedacht, dass ich eine Tochter haben würde. Noch dazu mit meiner absoluten Traumfrau. Ich darf das hier nicht vermasseln. Ich muss es langsam angehen. Muss Macs Vertrauen gewinnen, damit sie mir Hazel nicht wegnimmt. Sie hatte recht. So recht.

»Vögelchen.« Ich hab keine Ahnung von Kindern, aber sie spricht schon recht deutlich. Man versteht gut, was sie sagen will. Außer wenn sie selber malt, dann brabbelt sie vor sich hin und man versteht kein Wort. Ich zumindest nicht. Vielleicht kann Mac das entziffern, aber für mich sind das nur aneinandergereihte Laute.

Ich male grüne Vögelchen auf den oberen Teil des Blatts. Eigentlich sind sie langgezogene m's. Aber sie ist begeistert. Als ich fertig bin, dreht sie sich zu mir und schaut mich an.

Sie greift nach oben und obwohl ich nicht weiß, was sie will, komme ich ihr entgegen. Ihre kleinen Finger streichen durch meinen Bart. Das scheint sie zu mögen. Sie kichert niedlich.

»Ree?«

O mein Gott! Was will sie? Ree? Was ist ein Ree? Hat sie das vorher schon mal gesagt?

»Was ist Ree?«

Sie zeigt auf den grünen Fleck auf dem Bild, das sie für mich gemalt hat. »Ree.«

Ree? Ich bin mir ziemlich sicher, dass das Personen waren. Ree? Car-ree? Ja, natürlich. Sie kann noch nicht den ganzen Namen aussprechen.

»Carey kommt gleich wieder«, sage ich leise und an mir nagt die Eifersucht, weil meine Tochter doch nicht nach ihrem Onkel fragen sollte, wenn sie auf dem Schoß ihres Daddys sitzt. Natürlich weiß ich, dass das vollkommen albern ist ...

»Kay.«

Ich hoffe, sie ist cool und meint okay. Sonst bin ich aufgeschmissen.

»Hazel ...«

Sie schaut mich gespannt an.

Was will ich eigentlich sagen? »Wie sagt Mommy zu dir?«

»Hani.« Honey, übersetze ich mal.

»Soll ich auch Honey sagen?«

Sie zuckt mit den Schultern.

»Was soll ich sagen?«

»Haze.«

Ich nicke ernsthaft. »Wie nennt Onkel Carey dich?«

Sie schaut mich mit großen Augen an. Ich sehe, dass sie die Frage verstanden hat, aber sie hat keine Antwort.

»Hat er keinen Namen für dich?«

Sie nickt. Auf einmal richten sich ihre Augen auf einen Punkt über meiner Schulter und sie grinst.

»Doch hat er, nicht wahr, Hazeline?«

Ich drehe mich zu Carey, der schnell seine Hand runter nimmt. Hat er mir Hasenohren gezeigt?

»Hazeline?«, frage ich.

Er lacht. »Jede Woche was anderes. Hazeline, Haze, Hasi, Stinker ...«

Sie grinst so breit, dass ihr ganzes Gesicht strahlt.

»Ree!«

Er streicht ihr über den Kopf.

»Daddy auch malen!« Sie schiebt ihm das Blatt hin.

Carey betrachtet es kritisch und zeigt dann auf den Hund. »Was ist das?«

»Hund.«

Carey nickt langsam. »Gut, dass du mir das sagst. Ich hab gedacht, es ist ein Känguru.«

Sie lacht. »Nein, Hund!«

Sie verteidigt mein Kunstwerk, während ich murmel: »Ich will dich mal sehen, wenn du nach hundert Jahren wieder was malen sollst.«

Er lacht und nimmt einen Stift. »Soll ich dir ein Einhorn malen?«

Sie nickt enthusiastisch.

Und der Pisser *kann* natürlich auch ein verficktes Einhorn malen! So ein Penner.

»Hier, Hazeline. Wie sollen wir es nennen?«

»Prinzessin.«

Carey schreibt Prinzessin neben das Einhorn und schiebt das Blatt zu Hazel. »So, ein Einhorn namens Prinzessin für meine kleine Prinzessin.« Wenn gleich Regenbogenkotze aus seinem Mund käme, würde es mich nicht wundern.

»Angeber.«

Er grinst. »Wer kann, der soll.«

Hazel betrachtet das Einhorn liebevoll. »Ree Einhorn malt.«

»Hast du was erfahren?«

»Sie lassen dich erst nach der Beobachtungsphase gehen.« Er schaut mich wütend an. Ich nicke nur, weil ich weiß, was er sagen will.

»Wie konntest du das tun?«

Ich streiche mir über das Gesicht. »Verzweiflung.«

»Fuck, Hunter!«

»Fak, fak, fak!«

»Du hattest immer mich.«

»Ich weiß, Bro. Aber ... ich hab das Licht nicht mehr gesehen. Alles war nur schwarz.«

Er schaut mir fest in die Augen. »Tu das nie wieder.«

»Nie wieder.«

»Ich mein es ernst! Ich lasse nicht zu, dass du Mac und Haze da durchschickst. Wenn du nicht garantieren kannst, dass du ihnen Leid ersparen wirst, dann lass sie gehen.«

Ich schaue auf die gelockten braunen Haare, die sich konzentriert über das Blatt Papier beugen. »Der Krieg verändert die Menschen. Ich bin nicht mehr derselbe.«

»Du sollst auch nicht derselbe sein, sondern der Mann, den die beiden brauchen.«

In dem Moment dreht sich Hazel wieder zu mir um. Sie lächelt mich strahlend an, bevor sie sich an mich drückt. Ich schlinge wie von selbst meine Arme um sie. Ich streichel über ihre Wange.

»Ich kann nicht versprechen, dass ich ihnen Leid erspare«, sage ich leise. Meine Augen wandern zurück zu Carey. »Aber ich schwöre, dass ich es versuchen werde.«

Er nickt langsam. »Das reicht erstmal.« Er blickt auf Hazel. »Hast du Hunger?«

Sie schüttelt den Kopf. »Durst.«

Carey holt eine Flasche Wasser und einen Becher aus einer Tasche, die ich bisher nicht gesehen habe, und gießt ihr ein. Sie greift mit beiden Händen nach der Tasse und trinkt gierig. An den Mundwinkeln läuft Wasser hinunter, tropft auf ihr Shirt und meine Hose. Trocknet wieder.

Carey sagt auch nichts dazu, also scheint das ihre Erziehungsmethode zu sein. Ihr Fehler zu erlauben. Ich muss dringend mit Mac sprechen. Ich mein, ich hab bestimmt nichts zu sagen, aber ich muss ja wenigstens wissen, wie ich mich verhalten soll.

Sie stellt den Becher hin und wischt dann an ihrem Shirt und meiner Hose. Sie schaut ein bisschen scheu zu mir.

»Ist okay, Haze.«

Sie lächelt, und ich mag mich wiederholen, aber ich habe noch nie etwas Schöneres gesehen. Sie ist einfach perfekt.

»Wie war deine Trainingsstunde?«

»Naja, ich wünschte, ich bräuchte sie nicht. Aber ganz okay, denke ich.«

»Bist du schon gelaufen?«

»Am Barren, aber noch nicht alleine. Meine Muskeln müssen auch wieder trainiert werden. Weil es nicht heilen wollte, habe ich viel länger gelegen, als ich sollte.«

»Wenn das jemand schafft, dann du.«

Ich lege den Kopf schief. »Nur ...«

»Nur?«, fragt er nach.

»Was mache ich jetzt mit meinem Leben? Ich war nur Soldat.«

»Du bist nicht unnütz.«

»Doch, irgendwie schon.«

Carey schüttelt den Kopf. »Ich wollte dir eigentlich erst ein bisschen Zeit geben, aber ...« Er holt Papiere aus seiner Tasche. »Ich habe schon mal für dich recherchiert. Die Navy würde etwa dein Jurastudium bezahlen, wenn du danach ins J.A.G. Corps gehst.«

Er schiebt mir eine Broschüre zu. Ich wusste das J.A.G. für die Navy und die Marines zuständig ist, aber ich habe mir nie überlegt, dass das eine Karrieremöglichkeit für mich wäre.

»Du könntest weiterhin bei den Marines bleiben, würdest weiterhin deinem Land dienen, so wie es dir wichtig ist.«

Ich nicke. Das ist gar keine schlechte Idee, wenn ich es mir recht überlege. Zumindest könnte man da weiter drüber nachdenken.

»Und es müsste nicht Jura sein. Es gibt auch noch andere Bereiche. Aber ... nun ja, ich dachte, Jura würde dich am meisten interessieren.«

»Danke, Mann.« Ich streichel Hazel über den Kopf. »Für alles.«

Er nickt einfach nur.

Irgendwann müssen sie gehen und es fällt mir schwer, sie gehen zu lassen. Hazel ganz besonders, aber auch meinen Bruder. Viel zu lange war er nicht mehr Teil meines Lebens. Ich bin so ein Idiot!

Ich muss Mac schreiben. Ich hab keine andere Möglichkeit mit ihr zu kommunizieren, also muss ich ihr schreiben. Die Schwester gibt mir Papier und einen Stift ohne spitze Mine. Als würde ich versuchen, mich mit einem Bleistift umzubringen.

Ich weiß einen Moment nicht, was ich schreiben soll, aber dann fließt es aus mir raus.

Mac,
ich weiß gar nicht, was ich sagen kann, um dir für dieses wunderbare Geschenk zu danken. Hazel ist perfekt. Danke. Aus tiefstem Herzen. Ich hoffe, du lässt sie auch weiterhin zu Besuch kommen, aber ich weiß, dass ich in keiner Position bin, um Forderungen zu stellen. Aber ich bitte dich, nicht so grausam zu sein und sie mir nun wieder wegzunehmen, nachdem du sie mir gerade erst geschenkt hast.
Mac ... Wir haben so viel zu reden. Ich ... fuck, ich hab dir so viel zu sagen. Es tut mir leid. Alles. Hätte ich von ihr gewusst ... Es hätte alles für mich geändert. Ich wünschte, ihr hättet nicht auf mich gehört und hättet es mir beide ins Hirn gehämmert, aber ich kann niemand anderen dafür anpissen als mich selbst. Ich möchte alles ungeschehen machen ...
Wenn ich zurück in San Diego bin, dann reden wir. Nur du und ich. Und wir werden uns all die schlimmen Dinge sagen, die wir seit dieser einen Nacht in uns aufgestaut haben. Ich war so wütend. Und ich bin mir sicher, dass du es auch warst. Aber dazu kam dann noch, dass du schwanger warst ...
Es tut mir leid, dass ich nicht für dich da war. Es tut mir leid, dass du all das alleine durchmachen musstest. Ich bin froh, dass du Carey an deiner Seite hattest.
Er hat mir erzählt, dass du alles für mich dokumentiert hast. Mac, ich ... ich weiß gar nicht, was ich sagen soll. Ich hab deine Großzügigkeit nicht verdient. Ich hoffe, dass wir das alles hinbekommen.
Wenn ich darf, will ich ein Teil von Hazels Leben sein. Ich hoffe, du willst das auch. Ich kann mir nicht vorstellen, sie nicht in meinem Leben zu haben.

Ich pausiere. Soll ich ihr schreiben, dass es mir mit ihr ebenso geht? Dass ich nicht will, dass sie wieder aus meinem Leben verschwindet, nachdem sie endlich wieder da ist? Ich entscheide mich, erst mal nur über meine Gefühle zu Hazel zu sprechen und es mit Mac langsam angehen zu lassen.

Es stimmt, was ich Carey gesagt habe. Ich bin nicht mehr derselbe Mann, der ich mit achtzehn war. Nicht mal mehr derselbe, der ich mit einundzwanzig war. Dahinter liegen zwei Touren nach Afghanistan und dieses verfickte Land und dieser beschissene Krieg zwingen jeden Mann in die Knie.

> *Heute war einer der schönsten Tage in meinem Leben, weil sie mir ein Bild gemalt hat und ich ihrem Geplapper lauschen durfte. Als Carey uns alleine gelassen hat, hatte ich solche Angst, dass ich irgendetwas falsch machen könnte ... Aber sie ist toll. Und das liegt vor allem daran, dass du einen verdammt guten Job gemacht hast. Danke für dieses wunderbare Geschenk.*

Ich hoffe, dass sie mich Hazel weiterhin sehen lässt, aber ich denke schon. Sie ist kein böser Mensch. Wenn sie nicht wollte, dass ich in ihrem Leben bin, dann hätte sie mir nie gesagt, dass sie meine Tochter ist. Aber sie würde sie mir nicht vor die Nase halten und sie mir dann wegnehmen. Das ist nicht Mac. Nicht *meine* Mac.

Ich weiß, dass ich als biologischer Vater auch Rechte habe. Aber ich kann mir nicht vorstellen, mich in ihr Leben einzuklagen. Das würde ich Mac auch nie antun.

> *Wir müssen reden, Mac. Dringend. Sobald ich aus der Beobachtung raus bin, lasse ich mich in ein Rehazentrum in San Diego verlegen und dann ... Gott, Mac. Es gibt so viel zu sagen. So viel, dass ein lächerlicher Brief nicht mal der Anfang sein kann. Ich ... fuck. Ich hab dich vermisst ...*
> *H.*

Ich kann gar nicht abwarten, dass der nächste Tag anbricht. Ich fliege durch meine Physiostunde und meine Therapiesitzung. Meine Therapeutin sagt, dass es eine Freude war, mich mit Hazel zu sehen, und dass es erstaunlich ist, dass sie schon so eine Bindung zu mir aufgebaut hat. Sie glaubt, dass kann nur daher kommen, dass Hazel immer wieder von mir erzählt wurde. Dass sie Fotos kennt, dass Mac ihr gesagt hat, dass ich ihr Dad bin.

Zufriedenheit stellt sich ein. Sie hätte das nicht gemacht, wenn sie mich nicht in Hazels Leben haben wollte. Sie will mich. Vielleicht nur als Hazels Dad, aber ich hoffe auf mehr.

Und dann sind Hazel und Carey wieder da. Als ich das strahlende Gesicht sehe, bin ich hin und weg.

10
Mac

Es ist merkwürdig, Carey und Hazel zum Zentrum zu fahren, um dann den ganzen Nachmittag alleine zu verbringen. Ich will dabei sein. Will sehen, wie sich Vater und Tochter aneinander gewöhnen. Wie sie die ersten Bindungen aufbauen. Gott, ich will dabei sein! Es bricht mir das Herz.

Als mir Carey gestern erzählte, dass die beiden schon die besten Freunde seien, fing ich an zu weinen. Ich freute mich so. Das war die Reaktion, die ich mir von Hunter erhoffte. Ich will, dass er sie will!

Und Hazel redete den ganzen Abend über ihren Daddy, als wäre er eine Art Superheld. Als hätte er Mittelerde gerettet oder sonst was. Ich bin so froh, dass sie ihn mag. Ich habe ihr immer wieder von ihm erzählt, habe ihr Fotos gezeigt, weil ich gehofft habe, sie vom Fremdeln abzuhalten. Und es scheint zu funktionieren. Sie redet noch nicht so von ihm wie von Carey, aber sie ist bei weitem nicht so scheu mit ihm, wie sie mit Shane oder Jean ist. Ganz im Gegenteil.

Ich bin so froh und gleichzeitig so traurig, weil ich nicht mit dabei bin.

Ich geh shoppen. Ich hasse shoppen. So langweilig ist mir. Ich kaufe neue Outfits für Hazel. Sie trägt allerdings nicht alles, was ich ihr anbiete. Sie hat schon ihren eigenen Stil. Aber mittlerweile kann ich ganz gut einschätzen, was ihr gefällt. Ich dachte, das mit dem selbst aussuchen, was man anzieht, würde später einsetzen. Seelisch war ich noch gar nicht darauf vorbereitet.

Und dann ... ja, ich geb's zu. Ich bin eine von *den* Frauen. Ich kaufe Klamotten für Hunter ein. Aber nur, weil ich nicht weiß, was er für Sachen besitzt. Ob er überhaupt was anderes als Uniformen und Trainingshosen hat. Aber er braucht doch was. Ich weiß zwar seine Größen nicht, aber ich kann sie abschätzen, weil – ich schäme mich ja schon fast, es zuzugeben – weil ich auch Careys Kleidung kaufe. So, jetzt ist es raus.

Sie haben die gleiche Größe, aber Hunter ist ein wenig breiter als Carey. Aber das ist auf jeden Fall schon mal ein guter Startpunkt.

Ich gebe viel zu viel Geld aus, aber es ist ja Careys ... Ups. Und dann hole ich noch sexy Unterwäsche. Man kann ja nie wissen. Aber die bezahle ich von meinem Geld.

Als ich Careys Anruf bekomme, dass ich sie abholen soll, mache ich mich auf den Weg.

»Mommy!«, ruft sie schon, als ich gerade erst die Tür öffne.

»Hazel-Baby«, entgegne ich und schließe sie in die Arme. »Ich hab dich vermisst!«

»Daddy gemalt!«, sagt sie und zeigt mir ein Bild. Aber ehrlich, so stolz muss ihre Stimme dabei nicht klingen ... Ein Künstler ist er nicht ...

»Ja, super«, freue ich mich. »Was habt ihr noch gemacht?«

Sie lächelt schüchtern und ich schaue zu Carey. Er grinst nur und zuckt mit den Schultern. Offensichtlich hat er sie auch heute wieder für einige Zeit alleine gelassen.

»Kuscheln«, flüstert sie dann beinahe selig.

Ich streiche über ihren Kopf. »Dein Daddy kuschelt gut.«

Sie nickt. »Daddy lieb.« Ich nicke, bevor sie mit einem bangen Stimmchen fragt: »Daddy Hazel lieb?«

»Hunter hat dich sehr lieb, Hazel.«

Sie schaut zu Carey, der nickt. »Hunter ist sehr froh, dein Dad zu sein.«

Ich weiß nicht, ob ich sie jemals glücklicher Strahlen gesehen habe, als in diesem Moment. Ich setze sie in ihren Kindersitz. Bevor wir einsteigen, sage ich leise zu Carey: »Sag ihm, dass er sie mehr bestätigen muss. Sie soll immer wissen, dass sie von den wichtigen Personen in ihrem Leben geliebt wird.«

Er nickt. »Hab ich mir schon auf meine mentale Liste geschrieben.«

»Danke.«

Er zieht einen Umschlag aus seiner Tasche. »Ich soll dir auch was geben.«

Meine Hände zittern leicht, als ich das Papier berühre. Ein Brief. Ein Brief von Hunter. Ich werde ihn lesen, sobald Hazel im Bett ist. Ich bin plötzlich total aufgeregt. Was hat er geschrieben?

Im Hotel lege ich den Brief auf die Kommode. Carey badet Hazel, während ich den Brief anstarre. Ach, verdammt! Ich lese ihn sofort.

Ich öffne ihn, was aber erst nach einige Anläufen gelingt. O Gott. Was hat er geschrieben?

Und dann sehe ich seine etwas krakelige Schrift und mir fällt ein, dass es ihm bestimmt Schmerzen bereitet hat, diesen Brief zu schreiben. Gleich wird er umso wichtiger für mich ...

Ich lese den Brief dreimal. Bilde ich es mir nur ein oder steckt in jedem Wort Liebe? Ich mein, bis auf den letzten Satz ›Ich hab dich vermisst‹ hat er nur über Hazel geschrieben, aber es klingt, als würde er auch über mich schreiben. Als würde er nicht nur hoffen, dass ich ihn Hazel sehen lasse, sondern auch, dass er mich wiedersehen darf.

Als ich den Brief ein viertes Mal lese, laufen mir Tränen runter, weil ich mir sicher bin, dass er mich noch immer liebt.

»Mommy weint«, stellt Hazel fest, als sie aus dem Bad kommen.

Carey drückt mich kurz an sich, bevor er Hazel aus einem Buch vorliest. Sie braucht nicht lange, bis sie eingeschlafen ist und Carey sie in ihr Bett legt.

»Was hat er geschrieben?«

»Dass er ein Teil von ihrem Leben sein will und er hofft, dass ich ihn lasse.«

»Und? Lässt du ihn?«, neckt er mich.

»Ich will nichts mehr«, sage ich ohne auf seinen Scherz einzugehen.

Er nickt und stellt den Fernseher an. Hazel schläft wie ein Stein.

Ich setze mich an den kleinen Schreibtisch und nehme das Hotelpapier, um Hunter ebenfalls zu schreiben.

Lieber Hunter,
ich bin so glücklich, dass du unsere Tochter bereits ins Herz geschlossen hast. Ich wünsche mir nichts mehr, als dass sie ihren Dad hat. Ich habe ihr immer von dir erzählt, sie kennt dich von Fotos und von Videos. Allerdings warst du da noch jünger. Aber sie kennt dich. Und für sie war es ein Riesentraum, der in Erfüllung gegangen ist.
Also ja, ich will, dass du ein Teil ihres Lebens bist. Ich bin so froh, dass du das auch willst. Danke. Danke. Danke.
Sie ist ein kleiner Wirbelwind, obwohl sie mir heute stolz erzählt hat, dass ihr gekuschelt habt. Offensichtlich mag sie es, auch einfach nur ein wenig Zeit mit dir zu verbringen. Das ist eine Seltenheit, weil sie eigentlich immer nur durch die Gegend rennt. Und bald kann ihr Dad ihr hinterher rennen.
Du hast mich mit deinem Selbstmordversuch sehr geschockt, aber ich hoffe, dass du weißt, dass wir beide, Hazel und ich, dich brauchen. Und Carey braucht dich auch. Bitte glaub nicht, dass du alleine bist. Wir sind hier und wir lieben dich alle drei. Ja, wir müssen dringend reden und ich hoffe, dass du bald bei uns zu Hause bist. Ich weiß, du willst stationär behandelt werden, aber du bist uns immer willkommen. Auch wenn du nur Hazels Dad und Careys Bruder sein willst.
Du sollst wissen, dass ich dich immer und zu jeder Zeit unterstütze. Obwohl ich mir ein bestimmtes Ergebnis erhoffe,

werde ich dich nicht drängen. Du weißt selbst am Besten, was das Richtige für dich ist.
Aber eins musst du wissen ... Ich liebe dich, Hunter. Von ganzem Herzen. Und ich habe dich gewählt, auch wenn ich zu blöd war, es dir in dieser einen Nacht zu zeigen. Verzeih mir.
Ich liebe dich.
Deine Mac

Wer geglaubt hat, ich hätte diesen Brief mit trockenen Augen geschrieben, hat sich geirrt. Ich stecke ihn in einen Umschlag und reiche ihn Carey.

»Gibst du ihm den morgen?«

»Natürlich.«

Ich reiche ihm zwei Tüten. »Ich hab eingekauft.«

»Für mich?«

»Nein, für Hunter. Ich wusste nicht, was er an Kleidung hat. Daher habe ich einfach mal alles gekauft.«

»Du hast ihm Unterhosen gekauft?«, fragt er grinsend.

Ein leichtes rosa ziert meine Wangen. »Nun ja ...«

Er lacht sich kaputt. »Du bist schon eine Marke, Doll. Das ist nicht zu fassen.«

»Soll er ohne Boxershorts rumlaufen?«

Er zuckt mit den Schultern. »Wenn er will.«

»Ich find dich doof.«

»Tust du nicht, du Lügnerin.« Er klopft neben sich auf die Matratze. »Komm her und schau Trash-TV mit mir.«

»Gleich. Ich putz mir eben die Zähne und zieh mir meinen Pyjama an.«

»Klar, ich bekomm nur deinen Flanelllappen, aber ich wette Hunter würde Seidenhemdchen bekommen.«

Ich werde so rot, weil ich heute ja tatsächlich auch sexy Unterwäsche gekauft habe, dass Carey aufspringt und zu den anderen Tüten eilt.

»Nein, Carey! Nicht! Das ist privat!«

Aber er stoppt natürlich nicht, bis er einen BH von La Perla am Finger hat.

»Aha!«

»Carey«, jammere ich und bin rot wie eine Tomate.

Er grinst. »Du willst also meinen Bruder, verwundet und verletzt, verführen.«

»Ich ...«

»Gib es zu! Du willst ausnutzen, dass er sich momentan nicht wehren kann ...«

»Du bist so doof«, lache ich, während er die Tüte weiter durchschaut.

»Hmmh, sexy sexy. Ich wusste, dass du für Hunter die guten Teile aufbewahrst.«

»O mein Gott. Carey Tilman! Du bist ein Spinner!«

Er grinst. »Ist dir das jetzt erst aufgefallen?«

»Nein, aber man kann es beinahe täglich wiederholen.«

Er flitscht einen BH zu mir. »Ab ins Bad. Schlüpf in deinen Flanellfetzen, damit wir gemeinsam diese Dynastie der Enten anschauen können.«

»Carey ...«

»Lass es.«

»Du weißt gar nicht, was ich sagen will.«

»Doch.«

»Und was?«

»Dass du Hunter nicht ausnutzen würdest. Aber das brauchst du nicht sagen, weil ich das weiß. Außerdem bin ich mir sicher, dass Hunter es super fände, wenn du ihm einen blasen würdest.«

Ich drehe mich um und gehe ins Bad. Kurz vor der Tür, blicke ich noch einmal zu ihm. »Das tut er in der Tat.«

Carey lacht laut auf. Ich schaue zu Hazel, aber sie ist wie immer eine sehr gute Schläferin. Braves Mädchen.

Carey hat Popcorn beim Zimmerservice bestellt und wartet auf seinem Bett auf mich. Ich setze mich neben ihn und gemeinsam schauen wir Trash-TV.

Als ich müde werde, schlüpfe ich in mein eigenes Bett und träume von Hunter.

»Sexy Träume«, flüstert mir Carey zu, bevor er das Licht ausmacht.

»Werd ich haben.«

»Von Hunter?«

»Hmmh.«

»Du bist so verknallt, das ist ekelig.«

»Ach, halt die Klappe.«

Er lacht. »Nacht, Doll.«

»Nacht, Arschloch.«

Ich muss grinsen, als ich sein amüsiertes Schnauben höre. Ach, ich liebe meine Familie.

11

HUNTER

Nachdem weder meine Therapeutin noch Mac irgendwas bei der Leitung erreichen konnten, beschließe ich, selber mit ihr zu sprechen. Vielleicht hätte ich das sowieso von Anfang an machen sollen.

»Sergeant Tilman«, sagt sie freundlich, als sie in ihr Büro kommt und mich dort sitzen sieht. »Was kann ich für Sie tun?«

»Sie können der Mutter meiner Tochter erlauben, mich zu sehen«, sage ich ohne Umschweife.

Sie zieht die Augenbraue hoch. »Aber Sie haben mir doch persönlich gesagt, dass sie die einzige Person ist, die Sie nicht sehen wollen.«

»Das war auch so. Ich habe meine Meinung geändert.«

Sie blättert durch verschiedene Unterlagen. »Das würden wir auch sofort vermerken, nur ist es leider so, dass sie die Regeln missachtet hat.«

»Das verstehe ich, aber sie hat es ja nicht ohne Grund getan.«

Sie seufzt. »Ich weiß. Es ändert aber nichts an der Tatsache, dass sie sich Zutritt verschaffte, ohne dazu befugt zu sein. So leid es mir tut, aber mir sind die Hände gebunden.«

»Sie hat mir meine Tochter gebracht«, sage ich eindringlich. »Sie hat alles das, was ich bisher angenommen habe, auf den Kopf gestellt, mir eine ganz neue Perspektive eröffnet.«

»Ich kann keine Ausnahme machen, auch wenn ich es vielleicht gerne täte. So sind nun einmal die Regeln.«

Ich reibe mir den Nacken und werde durch den kleinen Stich im Handgelenk an die dumme Tat erinnert, die mich nun in diese Situation bringt.

»Wie lange dauert die Suizidbeobachtung noch?«

»Normalerweise haben wir achtundvierzig Stunden, um eine Einschätzung zu treffen. Aber in Ihrem Fall kam es ja zu einem Versuch, daher können wir Sie länger festhalten.«

»Ich bin freiwillig hier.«

Sie nickt. »Das ist richtig, aber wir haben die Verpflichtung sicherzustellen, dass Sie keine Gefahr für sich selbst sind.«

»Reden Sie mit meiner Therapeutin.«

»Das habe ich. Wir wollen Sie bis zum Wochenende hierbehalten.«

»Dann lassen Sie Mac kommen. Bitte.«

»Das können wir nicht machen. Tut mir leid. Wir können aber alles für eine Verlegung nach San Diego am Samstag vorbereiten.« Sie lächelt leicht, aber ich sehe nur die Fratze einer Paragrafenreiterin, die mich von Mac fernhalten will.

»Sie sollten das Wohl Ihrer Patienten im Auge haben.«

»Das tun wir.«

»Das tun Sie nicht. Mac bei mir zu haben, würde mir helfen. Wir könnten über all das reden, was zwischen uns gestanden hat.«

»Reden Sie mit Camille. Sie wird sich gut um Sie kümmern.«

»Aber sie ist der gleichen Meinung.«

Sie nickt. »Ja, ist sie. Und ich stimme ihr auch zu, aber es ändert nichts an der Tatsache, dass ich mich nicht über die Vorschriften dieses Rehazentrums hinweg setzen kann.«

»Dann geben Sie mir die Erlaubnis, das Gebäude zu verlassen.«

»Sie sind unter Suizidbeobachtung. Da können wir leider nichts machen.«

»Das ist doch total albern!« Eigentlich habe ich gelernt, mich nicht mehr so schnell aufzuregen, aber diese Lady regt mich auf. Es gibt so viele Möglichkeiten. Dennoch entscheidet sie sich stur, keine davon in Betracht zu ziehen. »Ich bin kein Gefangener.«

»Sie sind auch kein Gefangener, Sergeant Tilman. Aber wir dürfen Sie nicht aus den Augen lassen, weil Sie noch einmal versuchen könnten, sich umzubringen.«

Ich schüttel den Kopf. »Das ist absolut lächerlich. Mac würde mir bei der Therapie helfen und sie ist das, was Sie mir vorenthalten.«

»Ich verstehe, dass Sie frustriert sind, aber es gibt Regeln und die wurden nicht eingehalten. Sie müssen sich einfach gedulden. Am Wochenende können Sie sie ja wieder sehen.«

Ich kann es nicht fassen. Es ist ja nicht so, als wäre Mac hier mit einer Bombe reingestürmt. Eine Bombe war es nur für mich. Für jeden anderen war es kein Problem. Das ist so dumm, ich kann es gar nicht fassen. Bevor ich mich aufrege – und dann vielleicht wegen Mordes in den Knast muss –, gehe ich lieber. Sonst fällt ihr noch irgendwas ein, um mich länger hierzubehalten.

Als nächstes steht Physio auf dem Programm. Es fühlt sich noch ein wenig ungewohnt an, mit der Prothese zu laufen. Gut ist, dass ich mein Knie noch habe und somit beweglich bin. Es fühlt sich seltsam an, weil ich kein Spiel im Knöchel habe. Jedoch ist es nichts, woran man sich nicht gewöhnen kann.

Zunächst gehen wir wieder an den Barren, sodass ich laufen kann, andererseits auch genügend Halt habe.

»Meinen Sie, ich kann mit der Prothese bald hinter einem aktiven zweijährigen Mädchen herrennen?«

»Das sollte kein Problem sein. Sie sind jung und fit, die Prothese sitzt schon ganz gut. Es gibt mittlerweile sehr gute Fußpassteile, die es einem ermöglichen, auch weiterhin Sport zu betreiben oder zu rennen. Je nach Material kann man sie sogar in Süß- und Salzwasser einsetzen.«

»Das ist interessant. Was für ein Material nimmt man da?«

»Karbon.«

»Ach, das sind die Prothesen, die keine Füße mehr haben ...«

»Gerade für aktive Menschen sind diese aber besonders interessant. Durch die Karbonfederung hat man eine sehr gute Energieausbeute. Die Prothese ist sehr leicht und man hat natürliche Bewegungsabläufe. Wenn man eine lange Hose und einen Schuh anhat, wird niemand bemerken, dass es nicht zwei echte Beine sind.«

»Schuh? Aber ich dachte, man hat keinen Fuß mehr. Wofür braucht man einen Schuh?«

»Je nach Passteil können sie einen Fuß oder eine Feder haben.«

»Was haben die meisten?«

»Mittlerweile geht der Trend eher zu den Federn, weil man damit beweglicher ist.«

Ich mache eine Pause. Ich will ja beweglich sein, aber ... »Schreckt das nicht ab?«

Er schaut mich an. »Die Menschen in Ihrem Leben wissen doch sowieso, dass Sie eine Prothese haben. Und auf alle anderen kommt es nicht an.«

»Aber für ein zweijähriges Kind ...«

Er lächelt leicht. »Wenn Ihre Tochter damit aufwächst, wird sie das immer als normal ansehen.«

Das macht Sinn und bisher hat es Hazel nicht gestört. Vielleicht vertraue ich einfach auf die Anpassungsfähigkeit von Kindern.

Ich gehe wieder in die andere Richtung, jeder Schritt ist einfacher als der zuvor. »Hat man mehr Beweglichkeit im Knöchel mit so einer Karbonfeder?«

»Man hat ja nicht wirklich einen Knöchel, aber man bemerkt das Fehlen nicht, da sich die Federung den Gegebenheiten des Bodens anpasst. Sie können sie nicht seitwärts bewegen, aber rauf und runter ist gar kein Problem.«

Während er redet, beobachtet er meine Bewegungsabläufe, gibt mir zwischendurch Anweisungen, wenn ich etwas falsch mache, weil ich instinktiv versuche, die Prothese zu schützen.

»Das sieht alles sehr gut aus.«

Ich bewege mich langsam vorwärts, aber es funktioniert. Ich glaube nicht, dass es leicht sein wird, aber ich kann mir nun zumindest vorstellen, dass ich wieder laufen werde. Es scheint doch nicht das Ende der Welt zu sein, so wie ich gedacht habe.

Bisher lief alles so gut, wie es eben möglich war. Ich hoffe, dass es so weitergeht.

»Wichtig ist, dass Sie Geduld haben, nichts überstürzen. Ihrem Körper nicht mehr aufbürden, als er stemmen kann. Die Gehschule hilft. Dennoch müssen Sie sich auch selbst Zeit geben. Es dauert eben, darüber muss man sich im Klaren sein. Aber wenn man es übertreibt, riskiert man, noch ein Stück mehr seines Beins zu verlieren, vielleicht auch das Knie. Das ist es nicht wert. Und als Marine haben Sie ja auch eine gute Versorgung.«

»Mehr oder weniger.«

Als nächstes lege ich mich auf die Liege und muss Übungen machen, um die Muskeln im Knie zu stärken. Da ich beide Beine wochenlang nicht nutzen konnte, bin ich ein bisschen schwach auf der Brust. Oder eher auf den Beinen. Wenn ich mir meinen Oberkörper ansehe, dann weiß ich, dass ich da auch mal wieder etwas tun muss. *Ein Schritt nach dem anderen*, sage ich mir. Natürlich will ich so gut wie möglich für Mac aussehen, aber ich denke, ihr ist wichtiger, dass ich irgendwann wieder uneingeschränkt mein Leben führen kann, als ein paar Bauchmuskeln.

Ich scheine es nicht zu schaffen, meine Gedanken zu kontrollieren. Ich will es doch langsam angehen lassen. Aber alles in mir ist auf *Fast Forward* eingestellt. Das führt in eine Katastrophe ...

Als ich fertig mit all den Übungen bin, rolle ich mich in den Besucherraum.

»Daddy!«, ruft sie und läuft auf mich zu. Ich lache, als ich ihr strahlendes Gesicht sehe. Wer hätte gedacht, dass ein Wort, ein kleines Gesichtchen, solche Freude in mir auslösen kann?

»Hi, Haze«, sage ich und hebe sie auf meinen Schoß. Sie kuschelt sich an mich. »Was hast du gemacht?«

»Park mit Mommy und Ree. Malen mit Mommy.«

»Was hast du zu Mittag gegessen?«

»Toffeln und Krotten.«

Ich schaue hilfesuchend zu Carey. »Kartoffeln und Karotten«, übersetzt er.

»Ja«, sagt Hazel, während Carey uns an den Tisch schiebt.

»Spiel«, sagt sie und Carey holt ein Puzzle aus der Tasche.

»Das Puzzle?«, fragt er und sie nickt.

Es sind Tiere auf einer Farm. Bevor wir es auseinander nehmen, frage ich sie, wie die Tiere heißen. Ich zeige auf den Esel.

»Wie heißt das?«

»Molly.«

Einen Moment bin ich perplex, weil ich mit so einer Antwort nicht gerechnet habe, aber dann muss ich laut lachen. Carey grinst von einem Ohr zum anderen.

Sie schaut zu mir auf, versteht wahrscheinlich nicht, warum sie mich so amüsiert hat. Hammer. Sie ist ein echter Scherzkeks.

»Was ist das?«, fragt Carey und zeigt wieder auf den Esel.

»Esel.«

Okay, man muss natürlich auch die richtigen Fragen stellen ...

»Und das?«

»Pferdchen«, quietscht sie laut.

»Das sind ihre Lieblinge«, sagt Carey. Allerdings hätte ich das bei der Begeisterung auch selbst schon erraten.

»Hast du schon mal auf einem Pferd gesessen?«, frage ich sie.

Sie schüttelt den Kopf. »Aber will!«

»Da hast du was begonnen«, meint Carey kopfschüttelnd.

Aber Carey weiß ja auch nicht, wie ich mich fühle. Zehn Meter groß, bärenstark. Nichts kann mich schrecken. Und wenn ich so ein Vieh mit den eigenen Händen zähmen muss, damit meine Tochter es reiten kann, ich tu's. Ich sollte wirklich ganz schnell wissen, was Macs Erziehungsgrundlagen sind, sonst versprech ich ihr gleich ein Pony.

»Daddy Pferdchen«, sagt sie mit leuchtenden Augen.

Ups. »Da musst du mit Carey vorlieb nehmen, Haze«, sage ich bedauernd und denke gerade, dass ich nichts lieber tun würde als das.

Sie schaut auf mein Bein. »Daddy aua?«

Ich nicke und sie patscht auf mein Bein. Süß. Zuckersüß.

Carey schaut mich an und ich sehe, dass er aufsteht.

»Weiß Mac, dass du uns alleine lässt?«

Er nickt. »Natürlich. Es gibt nichts, was mit Hazel zu tun hat, dass sie nicht weiß.« Bevor er geht, beugt er sich zu mir runter und sagt leise in mein Ohr: »Sie sagt, du musst sie mehr bestätigen. Sie soll keine Sekunde daran zweifeln, dass du sie lieb hast und stolz auf sie bist.«

Ich nicke. Ich war mir nicht sicher, ob ich das machen darf oder soll oder kann oder was auch immer.

Hazel verteilt die Puzzleteile auf dem Tisch und gemeinsam setzen wir das Puzzle zusammen. Bis ein Teil runterfällt.

Sie schaut mich an.

»Kannst du das aufheben, Hazel?«, frage ich sie.

»Daddy aua«, sagt sie und schickt sich an, aufzustehen. Ich helfe ihr auf den Boden und sie versucht das Stück aufzuheben. Aber weil es so platt auf dem Boden liegt, kann sie es nicht greifen. So wie ein Hund, der versucht eine Scheibe Wurst zu fressen, die glatt aufliegt. Dann schafft sie es und reicht es mir stolz.

Gemeinsam fügen wir das letzte Teil ein und sie klatscht in die Hände.

»Yay, geschafft, Hazel!«, sage ich und ich bin tatsächlich ein kleines bisschen stolz. »Das hast du gut gemacht! Richtig toll.«

Sie strahlt und ist gleichzeitig schüchtern. Mac hat recht, bemerke ich. Sie muss hören, dass sie ein tolles Mädchen ist.

Ich drücke sie an mich, küsse sie auf den Kopf. »Ich hab dich lieb, Hazel-Baby.«

Wie schon mehrmals greift sie in meinen Bart, streichelt mich. »Auch lieb, Daddy.«

Ich bin ein Marine. Ich habe BUD/S überlebt, zwei Touren nach Afghanistan, Sand in meiner Arschspalte, Tage ohne Schlaf, Taliban, die mich töten wollten. Und dieses kleine Mädchen zwingt mich in die Knie. Es gibt nichts, was ich nicht für sie tun würde. Sie hält mein Herz in ihren kleinen Händen.

»Na, das ist ein Anblick«, sagt Killian hinter mir.

Ich drehe mich halb um. »Hey, Mann.«

Er lächelt und klopft mir auf die Schulter. »Killer! Wie geht's?«

»Gut, Alter. Was machst du hier?«

»Ich hab gehört, was dir passiert ist. Ich bin momentan auf der Base und dachte, ich schau mal vorbei.«

»Danke, Mann.«

Er klopft mir wieder auf die Schulter. Ein wenig unsicher, vielleicht peinlich berührt. Was sagt man auch zu jemandem, der gerade sein Bein verloren hat? Weiß er von meinem Versuch? Kann ich ihm noch in die Augen sehen?

Hazel kuschelt sich eng an mich, als sie den fremden Mann sieht.

Killian setzt sich zu uns an den Tisch. Er lächelt Hazel an und sagt: »Und wer bist du?«

Sie vergräbt ihren Kopf in meinem Shirt und schüttelt ihn.

Ich grinse debil, während ich ihr den Kopf streichel. »Das ist Hazel.«

»Hey, Hazel.« Aber sie reagiert nicht auf ihn. Er schaut mich an.

»Sie ist meine Tochter.«

Seine Augen werden riesig und drohen ihm aus dem Kopf zu springen. »Deine was?«

Ich lächel leicht. »Meine Tochter. Macs und meine Tochter.«

Er schüttelt den Kopf, als hätte er Wasser in den Ohren und müsste sie freibekommen. »Wieso hast du mir das nie gesagt?«

»Ich hab es selbst erst gerade erfahren. Vor vier Tagen, um genau zu sein.«

»Und du bist sicher ...?« Er bricht ab. Ihm ist offensichtlich aufgefallen, dass das scheiße wäre, wenn Hazel dabei ist.

»Hundertprozentig. Wenn sie ihr hübsches Gesicht zeigen würde, dann könntest du es sehen.« Ich wusste nicht, dass in mir solche Zärtlichkeit steckt, aber ich will ihr nicht wehtun. Meine Hand ist größer als ihr Kopf. Ganz sanft streiche ich über ihre braunen Löckchen, die wild ihr Gesicht umrahmen.

»Hast du dich grad selbst hübsch genannt?«, fragt er belustigt.

»Fick dich.«

Wie ein Uhrwerk hebt Hazel ihr Gesicht. »Fick.«

Ich grinse. »Das darfst du nicht sagen. Mommy schimpft mit mir.«

Killian lacht. »Vielleicht braucht ihr eine Fluchkasse.«

»Bring Mac bloß nicht auf Ideen.«

»Ist sie hier?«

»Hier in Virginia? Ja, aber sie hat Hausverbot.«

»Wieso?«, fragt er überrascht.

Ich streiche verlegen über meinen Bart. »Sie war auf der schwarzen Liste, ist jedoch trotzdem reingekommen.«

»Ah, sie ist reingekommen, um dir Hazel zu bringen«, schlussfolgert er.

Ich nicke. »Ja. Genau.«

»Coole Frau. Dass sie dir erlaubt, Hazel zu sehen, auch wenn sie nicht dabei ist.«

»Ich bin auch mehr als überrascht.«

Hazel zieht an meinem Ärmel und ich schaue zu ihr runter. »Was, Haze?«

»Durst«, flüstert sie, ist dabei aber gar nicht leise.

»Kannst du vielleicht aus der Tasche ihren Becher und das Wasser holen?«, bitte ich Killian.

Er steht auf und schüttet Hazel ein. Als er ihr den Becher reicht, verzieht er das Gesicht lustig und ich höre ein kleines Schnauben von ihr. Er verdreht die Augen und grunzt, was sie zum jauchzen bringt. Sie trinkt gierig, kleckert wieder und stellt den Becher dann neben den Tisch. Ich kann ihn gerade noch auffangen.

»Ups«, sagt sie, bevor sie wie zuvor an den Wasserflecken reibt.

»Sie ist toll«, stellt Killian fest.

»Das ist sie.«

Er grinst. »Du bist ganz verliebt in die Kleine.«

Ich lege den Kopf schief. »Schon.«

»In beide«, sagt er dann und ich kann nichts tun, als zu nicken.

Nach einer Weile fragt er: »Und wie geht es dir?«

»Besser.«

»Du kannst jederzeit mit mir reden. Immer. Ich bin dein Freund.«

»Ich weiß, aber ... ich war fertig als ich in Deutschland war. Aber dann hat mir Mac meine Tochter geschenkt. Mann ... Sie ist einfach nur perfekt.«

Hazel wird unruhig auf meinem Schoß und ich helfe ihr runter. Sie läuft um den Tisch und kommt auf der anderen Seite wieder zu mir. Sie grinst, bevor sie wieder in die andere Richtung läuft.

Ich lächel sie an. Jedes Mal, wenn sie bei mir ist, berührt sie mein Bein, als wollte sie sich versichern, das ich noch da bin. Aber da muss sie sich keine Sorgen machen. Ich geh nie wieder. Ich lass mein Baby nicht allein.

»Das ist cool, Mann, aber sie sollte nicht dein einziger Grund sein, leben zu wollen.«

»Das ist sie auch nicht. Ich hab in den letzten Tagen angefangen mit der Prothese zu trainieren und habe gemerkt, dass es doch nicht so furchtbar ist, wie ich anfangs gedacht habe. In nicht mal einer Woche habe ich gelernt, wieder zu laufen. Okay mit Hilfe des Barrens, aber vor ein paar Tagen habe ich noch gedacht, dass ich für immer ein Pflegefall wäre.« Es fällt mir schwer, mich Killian zu öffnen. Er ist mein bester Freund, aber so private Themen besprechen wir eher weniger. Ich denke, das ist in unserer Machokultur auch nicht so verbreitet.

Aber ich habe jedes Mal erlebt, dass es mir besser gegangen ist, wenn ich über Dinge gesprochen habe. Ich weiß nicht, ob Killian das auch weiß, aber ich denke schon, dass er im Irak auch schlimme Sachen gesehen hat. Vielleicht hat er auch schon Erfahrungen mit Gesprächstherapie gemacht.

Hazel kommt wieder, stupst mich an und kichert, ehe sie in die andere Richtung läuft.

»Hey, das ist doch super«, sagt er und ich sehe ihm an, dass er sich wirklich für mich freut. »Ich bin froh, dass du das eingesehen hast.«

»Ich auch.«

»Wie ist es mit Mac?«

»Puh, keine Ahnung. Ich will es langsam angehen lassen. Ich will es mir mit ihr nicht verspielen, schon gar nicht, wenn sie Hazel hat.«

»Du hättest die Chance, deine Rechte einzuklagen«, meint er.

»Ich weiß, aber das will ich nicht. Mac ist auch keine rachsüchtige Frau. Sie hätte sie mir nicht gebracht, wenn sie mich nicht in ihrem Leben haben wollte. Sie hätte mich in dem Glauben gelassen, dass sie von jemand anderem wäre.«

Er nickt. »Okay. Du bist also Daddy.«

In dem Moment fällt Hazel hin. Mir stockt das Herz und unwillkürlich stehe ich auf. Auch wenn es wackelige Schritte sind und ich mich am Tisch festhalte, bin ich doch bei Hazel und hebe sie hoch.

Sie schaut mich fasziniert an. »Haze aua.« Sie hält mir die Hand unter die Nase und ich puste sanft, bevor ich sie küsse.

»Besser?«, frage ich und sie nickt. Ich stelle sie auf die Beine und setze mich wieder in den Rollstuhl. Ich komme mir wie der Sechs-Millionen-Dollar-Mann vor. Ich konnte für mein Baby da sein. Fuck, ich muss dringend lernen, dieses Scheißbein richtig zu gebrauchen.

»Beeindruckend«, meint Killian, der auch aufgesprungen ist, als sie hinfiel.

»Sie ist Motivation.«

»Alter, ich bin stolz auf dich.«

»Danke.«

Bevor sie gehen, gibt mir Carey noch den Brief von Mac und mehrere Tüten mit Kleidung, die sie ausgesucht hat. Mir fällt ein Stein vom Herzen, weil ich mich schon gefragt hatte, wie ich mit einer Jogginghose auskommen soll.

Als ich in meinem Zimmer bin, öffne ich den Brief. Ich atme tief durch, weiß nicht, was mich erwartet.

Schon nach wenigen Worten atme ich aus, hatte gar nicht gemerkt, dass ich die Luft angehalten habe. Sie will mich in Hazels Leben. Und sie will mich. Es ist, als wäre eine ganze Geröllladung von meiner Brust gefallen. Ich mein, ich hatte mir ja schon die ganze Zeit gesagt, dass Mac mir Hazel nicht geben würde, nur um sie mir dann wieder wegzunehmen. Aber es hier schwarz auf weiß zu lesen, macht mich wahnsinnig glücklich.

Sie liebt mich. Fuck, ja!

Aber wir müssen es trotzdem langsam angehen lassen. Wir sind beide nicht mehr die Menschen, die wir mal gewesen sind. Wir müssen uns neu kennenlernen, Zeit miteinander verbringen. Aber ich bin froh, dass wir auf dem gleichen Kurs sind.

Ich schreibe ihr zurück und fühle mich ins Bootcamp zurückversetzt. Ich halte ja nichts davon, verpassten Chancen nachzutrauern. Aber wie cool wäre es gewesen, wenn sie damals schon mein Mädchen gewesen wäre?

Mac,
du hast mich zum glücklichsten Mann der Welt gemacht. Danke, dass Hazel ein Teil meines Lebens sein darf. Du bist die Beste. Ich verspreche dir, dass du dein Vertrauen nie bereuen wirst. Ich werde ein toller Dad sein, und wenn ich Fehler mache, musst du mir helfen, sie wieder gutzumachen. Ich will alles über sie wissen, will keine Sekunde mehr verpassen.
Danke, Mac. Für alles. Für meine Tochter, für deine Liebe, für deine tollen BJs in Deutschland ...

Einen Moment bin ich versucht, den letzten Teil zu streichen, aber dann denke ich, dass sie bestimmt lachen wird. Also ist das okay.

... für dein Vertrauen. Ich werde dich nicht enttäuschen.
Wir müssen uns wieder kennenlernen. Ich bin nicht mehr die gleiche Person, die ich mal war, und du auch nicht. Ich sage nicht, dass wir keine Chance haben, aber wir brauchen Zeit.

Lass uns nichts überstürzen, sondern die Sache langsam angehen.
Ich sage nicht nein, Mac. Versteh das nicht falsch. Ich sage nur, lass es uns richtig machen. Wir haben alle Zeit der Welt. Okay?
Ich freu mich, dass ich am Samstag zurück nach San Diego darf. Ich kann es nicht erwarten, mit dir zu reden und alles zu erfahren. Auch wieso Carey deine Vagina gesehen hat ...
Was immer auch geschieht, ich will, dass du weißt, dass ich dich immer geliebt habe und du auf ewig einen Platz in meinem Herzen haben wirst. Du wirst immer ein Teil von mir sein, schon allein wegen Hazel.
Sie ist perfekt. Ich danke dir.
H.

Ich greife mir in den Schritt, nur um zu checken, dass ich noch einen Schwanz habe.

Am Samstag geht es zurück nach San Diego. Meine Therapeutin hat mir bescheinigt, dass sie nicht glaubt, dass ich noch einen Selbstmordversuch unternehmen werde. Deswegen kann ich gehen. So schön ich die Momente alleine mit Hazel fand, so sehr nagt es an mir, dass so vieles mit Mac ungeklärt ist.

Aber nicht mehr lange. Mac und Hazel sind gestern schon zurückgeflogen. Carey fliegt heute mit mir. Hazel fehlt mir jetzt schon. Ich weiß gar nicht, wie Mac es aushielt, zu mir nach Deutschland zu kommen. Plötzlich sehe ich ihre selbstlose Tat in einem anderen Licht.

Ich laufe mittlerweile ganz gut. Zumindest für kurze Strecken. Für so eine anstrengende Reise kann ich aber nicht auf den Rollstuhl verzichten, auch wenn ich das Teil hasse. Ich frage mich, ob die beiden zum Flughafen kommen werden. Ich hoffe es.

Als wir nach gefühlten hundert Stunden endlich aus dem Sicherheitsbereich heraustreten, sehe ich sie sofort. Sie winken beide mit strahlenden Gesichtern. Mac hat Hazel auf dem Arm und kommt zu uns. Ich stehe auf, will sie nicht im Sitzen begrüßen. Stehen ist kein Problem.

»Daddy«, kräht Hazel und streckt ihre Arme nach mir aus. Mac reicht sie mir, bevor sie nach Careys Aufmerksamkeit verlangt. Er nimmt sie in die Arme.

Mac steht ein wenig verlegen da, weiß offenbar nicht, was sie tun soll.

»Hey«, sage ich.

»Hey«, sagt sie leise.

»Komm her.«

Und das reicht, um sie dazu zu bringen, mich zu umarmen. Ich halte sie fest, vergrabe meine Nase in ihren Haaren, atme sie ein. Ihre Finger schlingen sich um meinen Hals, halten mich fest. Sie schluchzt. Ich löse sie von mir, sie will protestieren, aber ich lasse ihr keine Zeit. Meine Lippen finden ihre und ohne viel Federlesens küsse ich sie, wie ich sie schon so lange küssen wollte. Ich ziehe sie eng an mich, lasse sie nicht entkommen. Sie öffnet ihren Mund, lässt meine Zunge eintreten. Mein Kuss wird immer heftiger, immer verlangender. So viel zum Thema, es langsam angehen zu lassen.

Ich kann nicht. Ich muss sie küssen, brauche sie wie die Luft zum Atmen.

Eine Hand liegt an ihrem Hinterkopf, damit sie mir nicht entkommen kann, die andere liegt auf ihrem Kreuz und presst sie gegen mich. Fuck! Ich hab sie so vermisst.

Mein Mund fickt ihren und sie erwidert meinen Kuss ebenso hungrig. Ja, sie will mich. Immer noch.

Carey räuspert sich hinter uns belustigt. Langsam beende ich unser Zungenwrestling, küsse sie noch einmal zärtlich, ehe ich ihr leicht über die Wange streichel. Fuck, ich bin erledigt.

»Wollen wir los?«, fragt er und man kann das Grinsen in seinen Worten hören. Arsch.

Ich setze mich in meinen Rollstuhl und Carey setzt mir Hazel auf den Schoß. Da ich dann nicht mehr alleine rollen kann, schiebt er uns und Mac zieht den Koffer, was ich hasse. Ich muss dieses Scheißding loswerden.

Carey fährt an ein isoliertes Stück Strand. Hier sind keine anderen Menschen, aber kurz bevor der Sand beginnt, stehen Picknicktische und Bänke.

»Ist das okay?«, fragt mich Mac. »Ich dachte ...«

»Perfekt.«

Mac und ich steigen aus und Carey wendet den Wagen. Er holt uns wieder ab, wenn wir soweit sind. Ich kann es nicht erwarten, wieder selbst Auto zu fahren. Das ist lästig.

Ich bin die drei Schritte vom Auto bis zur Bank gelaufen. Irgendwie fühle ich mich gefangen, weil ich nicht gehen kann, wenn ich will. Aber vielleicht ist es auch besser so. Vielleicht müssen wir das ausdiskutieren, ohne dass ich die Chance habe, mich dem zu entziehen. Einziger Nachteil ist, dass ich ihr auch nicht hinterher kann, wenn sie beschließt zu gehen.

Sie setzt sich auf die andere Seite des Tischs. Sie knetet ihre Hände, kaut auf ihrer Unterlippe. Ich lege meine Hand auf ihre.

»Hey, Mac ...«

Sie schaut auf und ich sterbe beinahe, als ich die Unsicherheit in ihrem Blick sehe. So hat sie mich damals angeschaut. Und das wollte ich doch nie wieder sehen ...

Sie braucht Sicherheit. »Was immer wir uns hier auch sagen, Mac, wenn wir von hier wegfahren, werden wir das alles hinter uns lassen. Wir müssen einmal alles rauslassen, damit die Luft wieder gereinigt ist, aber dann ... dann können wir beide nach vorne blicken. Okay?«

Sie nickt, aber scheint nicht ganz überzeugt. Ich drehe mich zur Seite und klopfe auf mein Bein. »Komm her.«

Sie steht zögernd auf. »Aber deine Prothese ...«

»Setz dich hin.« Ich greife nach ihren Hüften und ziehe sie auf meinen Schoß.

Sie ist so wunderschön und sie gehört genau hierher. Ich streiche ihre Haare aus ihrem Gesicht, bevor ich sie erneut küsse. Sie stöhnt leise. Wie habe ich diese Laute vermisst!

Weil ich ein gieriger Bastard bin, knete ich ihren Busen, ihre perfekten Titten, die mich wahnsinnig machen. Sie drückt sich in meine Hand und ich schiebe meine Hand in ihren Ausschnitt. Ich ziehe den Stoff runter, befreie ihre Titten. Sie reibt ihre Pussy gegen meinen Ständer.

Fuck!

Ich werde nicht reden können ...

»Mac«, keuche ich, als ich mich löse. »Ich bin so scheißhart. Ich kann nicht mehr denken.«

Sie grinst frech und massiert meinen Schwanz durch meine Jeans. »So fühlt es sich an.«

»Biest.« Ich küsse sie auf die Nasenspitze.

Sie rutscht von meinem Schoß, kniet vor mir und beginnt meine Hose aufzuknöpfen. Ich sollte ein Gentleman sein ... Aber ich bin es nicht. Ich will ihre vollen Lippen um meinen Schwanz. Ständig habe ich an die BJs gedacht, die sie mir gegeben hat. Ständig gehofft, dass es nicht nur eine kurze Episode war, sondern ich diese für den Rest meines Lebens bekomme. Nein, nicht gehofft. Ich hatte zu dem Zeitpunkt keine Hoffnung mehr, aber ich habe es mir gewünscht.

Sie schaut zu mir auf und in ihren Augen liegt so viel Liebe, dass ich schlucken muss. Mein Mädchen wird gleich meinen Schwanz lutschen ... Fuck, ja!

Sie holt ihn raus, streichelt ihn, bevor sie ihn in den Mund nimmt. »Fuck, ja, Baby!«, stöhne ich und bin froh, dass es niemand hört, außer ihr.

Ihr Kopf wippt auf und ab, ihre Lippen sind fest um meinen Schaft gepresst. Es fühlt sich so geil an! Eine Hand umfasst die Basis und hilft mit, da sie meinen Schwanz nicht ganz in den Mund bekommt. Ich stelle mir eine Sekunde vor, wie es wäre, wenn sie *deepthroaten* würde, aber dann bin ich wieder im Hier und Jetzt. Auch, wenn sie meinen Schwanz nicht im Hals hat, ist das hier spektakulär. Und was nicht ist, kann ja noch werden ...

Ich lege meine Hände an ihren Kopf, will ihr Freiraum geben, kann allerdings meine Finger nicht von ihr lassen. Ich streichel durch ihre langen braunen Haare. Mein Blick ist starr auf den Punkt gerichtet, an dem mein Schwanz und ihre Lippen verbunden sind. Es sieht so unglaublich geil aus, wenn er feucht von ihrem Speichel aus ihrem Mund kommt. Sie schaut immer wieder zu mir, so ein Blick durch die Wimpern. Ehrlich, solche Blicke machen jeden Mann schwach ...

»Mac, Baby«, keuche ich leise. »Das ist so geil. Du machst das so gut. Nimm ein bisschen mehr in den Mund.«

Sie tut es und ich spüre, dass meine Eichel jedes Mal an ihrem Rachen anstößt. Das macht es noch so viel besser!

Ihre zweite Hand greift zärtlich nach meinen Eiern, rollt sie in der Handfläche. Ihr Daumen und Zeigefinger bilden einen Ring, den sie um den Ansatz schlingt. Ich muss mich zurückhalten, dass ich nicht sofort in ihrem Mund komme. Ich lege den Kopf in den Nacken und knurre »Fuck!« Nichts geht über einen Fick in eine enge Pussy, aber Macs BJs ... Fuck! Genug gesagt.

Sie schleckt mit der Zunge über mich und ich bin im Himmel. Oder vielleicht ist es auch die Hölle, weil solche Freuden im Himmel wahrscheinlich nicht existieren. Doch wenn Mac in der Hölle ist, will ich gar nicht woanders sein.

Und dann kann ich mich nicht mehr zurückhalten. Ich umfasse ihren Kopf stärker, drücke sie runter. Ich spüre, wie sie einmal leicht würgen muss, aber in dem Moment ist es mir egal. Ich weiß, ich bin ein selbstsüchtiger Arsch, aber nichts ist so gut wie dieser Augenblick! Er ist so unglaublich süß. Ich brauche nie Ambrosia, wenn ich sie habe, die meinen Schwanz bläst. Nichts ist so gut!

In Deutschland schluckte sie. Demzufolge komme ich nicht einmal auf die Idee, dass sie es eventuell dieses Mal nicht tun will. Ja, ich weiß! Ich sollte nie davon ausgehen ... Aber ... Noch mal! Meine Geilheit stellt mein Denken ab.

Mein Sperma spritzt tief in ihren Mund und sie schluckt. Ich spüre die Bewegungen an meinem Schwanz, werde tiefer in ihren Rachen gezogen.

»Fuck, ja, Baby«, stöhne ich, während ich mein Becken hebe, in ihren Mund stoße und diese Lust so weit verlängere, wie ich nur kann.

Als der letzte Tropfen aus mir geflossen ist, löse ich meine Hände von ihrem Kopf. Mit einem leisen Keuchen entlässt sie meinen Schwanz aus ihrem Mund. Sie blickt zu mir auf. Ihre Augen sind ein wenig feucht und ich wische die Haut darunter ab. Sie dreht den Kopf, küsst meine Handfläche.

»Alles okay?«, frage ich leise.

Sie nickt und steht auf. Ich schließe meine Hose, sie richtet ihr Oberteil, bevor ich sie zurück auf meinen Schoß ziehe, sie halte und ihren Rücken streichel.

»Was immer wir uns sagen, das hier ist das Ergebnis«, sage ich leise in ihr Ohr. »Du und ich. Verstanden?«

Sie nickt und küsst meinen Hals. »Ich liebe dich.«

Meine Hände ziehen sie näher und ich bin mehr als nur zufrieden, als ihre Arme es meinen gleich tun. »Ich habe dich immer geliebt.«

Ich spüre ihre Tränen, weiß, dass sie glücklich ist.

»Nicht weinen, Baby.« Aber das bringt sie noch mehr dazu. Frauen. Versteh sie einer ...

Als sie ruhiger wird, sage ich: »Lass uns reden.«

Sie nickt und macht Anstalten, von meinem Schoß zu klettern.

»Was glaubst du, wo du hingehst?«

Sie schaut mich überrascht an. »Ich dachte ...«

Ich schenke ihr ein Lächeln, das sie schmelzen lässt. Ich sehe es ganz genau. Nur gerecht, wenn sie mir auch nicht widerstehen kann. »Du glaubst doch nicht, dass ich dich gehen lasse, wenn ich dich endlich da habe, wo ich dich seit sieben Jahren haben will?«

Sie setzt sich rittlings wieder hin, sodass wir uns anschauen können. Meine Hände legen sich auf ihre Hüften und ihre auf meine Arme. »Bin ich nicht zu schwer?«

Ich schnaube. »Lächerlich.«

Sie lächelt leicht. »Ich will dir nicht wehtun.«

»Weiß ich.«

Sie kaut auf ihrer Lippe, bevor sie mir in die Augen blickt. »Ich war an diesem Wochenende so glücklich.«

»Ich auch«, sage ich und meine Stimme ist ein wenig heiser.

»Es war perfekt.«

»Das war es.«

Sie nickt. »Es tut mir leid, dass ich die Situation falsch eingeschätzt habe, Hunter. Ich wollte deine Hand nehmen. Wirklich. Aber ...«

»Aber?«

Ihre Finger schließen sich fester um meine Arme. »Aber ... Du hast in der Nacht nichts falsch gemacht, Hunter, aber ich schon. Ich war in einer Beziehung und habe Carter betrogen. Dass er uns erwischt hat, war die schlimmstmögliche Art, es herauszufinden. Ich wollte mit ihm reden, mich entschuldigen, es ihm erklären ... Ich mein ... was war das für ein Schock für ihn, dass er uns fand?«

»Mein Mitleid hält sich in Grenzen«, speie ich beinahe aus. »Darüber hinaus scheinst du zu vergessen, dass er dich auch betrogen hat. Du hast keinen Grund, die ganze Schuld auf dich zu nehmen. Du hättest all das später klären können. In dem Moment hättest du meine Hand nehmen *müssen.* Mac, *müssen*! Wie konntest du sie nicht nehmen? Wie konntest du mich im Glauben lassen, dass du meinen Dad wählst?«

»Es tut mir so leid, Hunter. Ich hab einen Riesenfehler begangen! Es tut mir so unglaublich leid. Ich wollte nicht, dass das passiert.«

»Ich war so sauer auf dich. Und so verletzt. Bis zu dem Zeitpunkt hast du dich immer nur korrekt verhalten, aber da ... Ich wollte dir den Hals umdrehen!«

»Ich weiß! Wenn ich es ändern könnte, würde ich es tun! Ich schwöre. Ich wollte nur dich. Nur dich! Mit Carter und mir ...« Sie beißt sich auf die Zunge.

»Sag es. Ich muss es wissen, auch wenn ich es nicht wissen will.«

»Ich hatte schon länger das Gefühl, dass ich für ihn nur so eine Art Nanny war ...«

Ich ziehe die Augenbrauen zusammen. »Dass er nur mit dir zusammen war, damit du auf Carey aufpassen konntest, bis er achtzehn wurde?«

Sie nickt. »Ja. Er war monatelang in New York.«

»Du hattest monatelang keinen Sex mit ihm?«

Sie schüttelt den Kopf. »Deswegen wusste ich auch sofort, dass nur du Hazels Dad sein kannst.«

»Und danach?«, frage ich sicherheitshalber noch mal nach, obwohl in mir das Testosteron Tango tanzt. Keine Ahnung, wirklich.

»Natürlich nicht! Ich war in dich verliebt! Ich schlafe doch nicht mit jemand anderem.«

Ich stutze. »Du hattest seit unserer Nacht keinen Sex mehr?«

Sie schüttelt den Kopf. »Nein.«

Ich möchte mir das Shirt vom Leib reißen und mir mit den Fäusten auf die Brust trommeln, während ich Grunzlaute ausstoße. Ich tue es natürlich nicht, keine Sorge.

»Hmmh.«

»Was?«, fragt sie nach und ich möchte mir vor den Kopf schlagen. War ja klar ...

Tja, da muss ich jetzt durch ... »Ich hatte keinen Sex, seit ich mich in dich verliebt habe.« Ihre Augen weiten sich. »Das war mit siebzehn. Ich hab aufgehört, mit dieser Schnalle – wie war noch ihr Name? – zu schlafen. Danach habe ich mit niemandem sonst gefickt. Bis zu unserer Nacht.«

»Das sind mehr als drei Jahre ...«, stellt sie unnötigerweise fest, weil ich das natürlich weiß. Ich kann sogar die Tage und Stunden benennen.

»Ich weiß. Meine Hand tat so scheißweh.«

»Du warst ein Arsch.«

»Ja. Anfangs, weil ich dich hasste, dann weil ich dich so sehr wollte.«

»Und danach?«

Ich schlucke hart. »Als ich zwischen Tour eins und zwei in Virginia war, habe ich mich mit mehreren Frauen getroffen.«

Sie beißt sich auf die Lippe. »Hast du eine Freundin?«

»Nein.«

Sie lächelt leicht. »Ich hasse, dass du mit anderen geschlafen hast.«

»Ich weiß.«

»Aber ... hattest du alle Hoffnung verloren, dass wir jemals zusammen kommen?«

»Ja«, sage ich, »und meine Eier waren so blau, die wären abgefallen.«

»Hunter!«, kreischt sie empört.

Ich grinse. »Ist nur die Wahrheit, Baby.« Ich beuge mich vor, hauche gegen ihr Ohr, bevor ich sage: »Aber ich hab immer nur dich gesehen.«

Ihr läuft es kalt den Rücken hinunter und alle Härchen stellen sich an ihren Armen auf.

»Und deine perfekten Titten«, sage ich und greife nach ihnen.

Sie lässt es einen Moment geschehen, bevor sie sagt: »Ich hab dir so viele Emails geschrieben. So unglaublich viele! Ich habe dir geschrieben, dass ich dich liebe, dass ich schwanger bin. Ich hab versucht, dich anzurufen. Carey hat dich angerufen. Ich hatte solche Angst um dich! Beide Male!«

Meine Hände lösen sich von ihrem Busen, denn irgendwie ist es nicht richtig, sie so zu berühren, wenn sie ihr Herz ausschüttet.

»Ich hab jede Nacht wachgelegen, hab meine Entscheidungen an dem Tag verflucht. Ich hätte noch viel mehr von Carters Wut ertragen, wenn ...«

»Was?«, frage ich geschockt. »Carters Wut? Was heißt das, Mac? Was hat er getan?«

Sie beißt sich auf die Lippe, hat das offensichtlich gar nicht sagen wollen. »Das ist vorbei.«

»Oh, nein, sag es mir!«

Sie schaut nach unten.

»Sag es mir, Mac! Oder ich frag Carey.«

Wir wissen beide, dass er es mir erzählen würde, also sagt sie: »Er hat mich beschimpft. Hat gedroht, mich wegen ... wegen Verführung Minderjähriger anzuzeigen.« Ich ziehe die Augenbrauen zusammen. »Hat mir vorgeworfen, dass ich ... dass ich ... mit Carey... O Gott! ... geschlafen hätte, als er ... als er fünfzehn war.« Sie hat die Hände vors Gesicht geschlagen.

Sanft löse ich sie. »Und dann?«

»Dann ...« Sie schüttelt den Kopf.

»Ich muss es wissen, Mac. Ich muss.«

Ihr laufen Tränen über die Wangen. »Er hat in meine Haare gegriffen ...«

O mein Gott! Fuck! Was? »Mac, hat er ... hat er ...?«

»Er hat mich gegen die Wand geschleudert und dann ...«

Ich sehe rot von außen in mein Sichtfeld kriechen. Alles an mir ist angespannt, ich will ... ja, was will ich? Ihn umbringen. Ich spüre kalte Wut, weil er Mac verletzt hat. Ausgerechnet sie, ausgerechnet sie, die sowieso schon so viel ertragen musste.

»Und dann hat er mich ins Gesicht geschlagen ...«

Ich brauch all meine Kraft, um sitzen zu bleiben und nicht nach New York zu marschieren, um ihn umzubringen.

»Und dann?«, presse ich mit Mühe heraus.

»Und dann war Carey da, hat mich beschützt. Er hat mich immer beschützt.«

Ich nicke. Ich schulde meinem Bruder so dermaßen viel. »Ich bring ihn um.«

»Hunter, nicht ...«

»Mac, er wusste, was dir passiert ist. Er wusste es! Und trotzdem hat er dich geschlagen. Trotz allem! Wenn ich ihn wiedersehe, breche ich ihm mehr als nur die Nase.«

Ihre Finger legen sich um mein Gesicht. »Nein, Hunter! Wir schließen heute mit allem ab. Das waren deine Worte! Wir lassen die Vergangenheit hinter uns.«

»Unsere Vergangenheit, Mac, aber das hier ist etwas zwischen Carter und mir.«

»Hunter, bitte ...«

Ich lege meine Hände auf ihre. »Ich verspreche dir, dass ich nicht hinfahren werde. Aber wenn ich ihn irgendwann noch einmal sehe, dann ...«

»Okay ...«

»Du wirst mir so was nicht verheimlichen, Mac«, sage ich ernst. »Es ist meine Aufgabe, sicherzustellen, dass es dir und Hazel gutgeht. Du wirst nichts vor mir verheimlichen. Und du lässt mich solche Sachen regeln.«

»Ich ...«

»Ich weiß, du hast das bisher selbst geregelt oder du hattest Carey, aber von nun an regel ich so was. Du wirst mir solche Sachen nicht verheimlichen. Ist das klar?« Mein Blick bohrt sich in ihren, bis sie schließlich nickt.

»Okay. Aber ...«

»Kein aber. Ich bin dein Mann.«

Ich sehe, dass Erregung durch sie fließt. Durch den Stoff ihres Oberteils erkenne ich, dass ihre Nippel hart werden.

»Wieso jetzt? Und wieso hast du mir keine Chance gegeben, es zu erklären?«, ruft sie aufgebracht.

»Weil du mir mein beschissenes Herz gebrochen hast, Mac! Ich wusste gar nicht, wie ich funktionieren soll!«

»Und dann bist du einfach nach Afghanistan gegangen! Was meinst du, wie ich mich gefühlt hätte, wenn du gestorben wärst? Ich hätte niemals mit der Schuld leben können!« Ihre Stimme ist ein bisschen schrill und in ihren Augen ist Schmerz.

»Ich konnte nicht bleiben! Ich hatte keine Hoffnung mehr! Wenn du mich verlassen konntest, nachdem du mir gesagt hast, dass du mich liebst, dann ... Fuck! Mac! Du hast mir gesagt, dass du mich liebst, und dann ihn genommen! Mein Herz war geschreddert!«

»Ich habe ihn nicht genommen! Ich habe nur dich genommen!«, schreit sie zurück.

Von außen betrachtet, sind wir ein tolles Schauspiel. Sie sitzt auf meinem Schoß, wir berühren einander mit den Händen und schreien uns an.

»Aber das wusste ich ja nicht, weil du meine verfickte Hand nicht genommen hast!«

»Weil ich mich entschuldigen wollte!«

»Da scheiß ich drauf! Wenn dir der Mann, den du liebst, die Hand reicht, dann nimmst du sie!«

»Und wenn dir die Frau, die du liebst, Emails schreibt, um dir zu sagen, dass sie schwanger ist, dann liest du sie!«

»Wieso zum Teufel hat Carey deine Pussy gesehen?«, brülle ich.

»Weil ... Was?«, fragt sie überrascht. Sie hatte den Mund schon weit aufgemacht und ist jetzt so ein bisschen wie ein Ballon, dem die Luft entwichen ist.

»Carey hat gesagt, er hätte deine Vagina gesehen.«

»Ja, weil er ein Arsch ist! Ich wollte Sheila bei der Geburt dabei haben, aber Carey hat sich vorgedrängelt. Ich hab ihm gesagt, er darf nur im sicheren Bereich bleiben, an meinem Kopf. Aber er musste ja das Baby auffangen und die Nabelschnur durchtrennen.«

Ich bin einen langen Moment still. »Es tut mir leid, dass ich nicht da war.«

»Mir auch.«

»Ich hätte sie gerne als winziges Baby gesehen.«

Ihr laufen Tränen die Wangen hinunter. »Ich hätte euch beide auch gerne zusammen gesehen.«

Ich ziehe sie an mich, schlinge meine Arme um ihre Schultern. »Danke, dass du mir dieses wunderschöne Geschenk gemacht hast.«

»Ich danke dir.«

Wir halten einander und schwelgen beide ein bisschen in Erinnerungen und Wunschträumen von hätte, würde, wäre, wenn.

»Ich konnte deine Mails nicht lesen. Ich dachte, du schreibst mir *Lebewohl*. Das konnte ich nicht ertragen. Solange du mir nicht gesagt hast, dass dies das Ende sei, konnte ich noch in meiner Fantasiewelt leben.«

Sie nickt und streichelt meine Wangen. »Es tut mir so leid, Hunter. Es ist meine Schuld.«

Ich schüttel den Kopf. »Nein, Baby. Das waren wir beide.«

Sie lehnt ihre Stirn gegen meine. »Hast du die Mails mittlerweile gelesen?«

»Nein. Ich hatte ja keinen Computer.«

»Dann warte noch.«

»Wieso?«

»Ich will dir die Sachen geben, die ich für dich gemacht habe. Dann kannst du alles chronologisch lesen und anschauen.«

Ich nicke. »Ich kann es nicht fassen, dass du jeden Tag in Hazels Leben für mich festgehalten hast.«

»Und jeden Tag der Schwangerschaft, seitdem ich es wusste.«

Ich lächel leicht und küsse sie. »Du bist schon außergewöhnlich, Baby.«

Sie zuckt mit den Schultern. »Verliebt.«

Ich rücke ein Stückchen von ihr ab, um ihr in die Augen sehen zu können. »Ich will mit dir zusammen sein, aber ...«

»Aber?«, fragt sie und ihre Stimme klingt bang.

»Ich will nichts überstürzen. Wir müssen uns neu kennenlernen. Richtig kennenlernen. Du kennst mich nur als Sohn deines Freundes und ich kenne dich nur als die unerreichbare Frau meiner Träume. Wir müssen einander kennenlernen, langsam und richtig. Ich will uns. Ich will uns für uns, aber auch für Hazel, damit sie Mom und Dad hat. Verstehst du? Ich will, dass wir für immer sind. Aber ... vielleicht können wir nicht für immer sein, weil wir gar nicht kompatibel sind. Jedoch müssen wir sicher sein. Verstehst du?«

Sie nickt. »Ja, ich verstehe. Für Hazel müssen wir uns sicher sein. Nicht, dass sie uns erst beide hat und dann wieder nicht mehr. Also, ich mein ...«

»Ja?«

»Ich will, dass du weißt, dass du immer ein Teil von Hazels Leben sein sollst, wenn du das willst. Ich würde sie dir nie vorenthalten. Niemals. Wenn es zwischen uns nicht klappt, dann beantragen wir gemeinsames Sorgerecht. Sie ist deine Tochter und du *musst* in ihrem Leben sein. Ich würde nie …«

Ich streichel ihre Wange. »Ich weiß, Baby. Mach dir keine Gedanken. Das weiß ich.« Ich fahre über ihre Unterlippe. »Ich bin sehr dankbar, dass du das so siehst. Ich möchte nicht mehr ohne Hazel sein.«

»Sie ist fantastisch.«

»Das ist sie. Weil sie eine tolle Mom hat.«

Sie streichelt durch meine Haare, die länger sind, als sie jemals waren. »Sie hat auch einen tollen Daddy.«

»Ich muss wissen, was deine Erziehungsvorstellungen sind, damit ich nichts falsch mache.«

»Du sollst nichts machen, nur weil ich es für richtig halte. Du hast auch ein Mitspracherecht.«

Ich zucke mit den Schultern. »Was immer du gemacht hast, scheint zu funktionieren.«

Sie lächelt leicht. »Was mir wichtig ist, ist, dass sie immer weiß, dass wir sie lieben, dass wir stolz auf sie sind, dass sie unsere Priorität ist. Ich hoffe, sie wird kein weinerliches Kind, aber bisher scheint sie sich nicht auf dem Weg zu befinden. Wenn sie hinfällt, warte ich erst ab, bevor ich zu ihr gehe, weil sie sich meist von selbst berappelt, und erst anfängt zu weinen, wenn man ihr Aufmerksamkeit schenkt.«

»Ups.«

Sie schaut mich neugierig an. »Verziehst du unsere Tochter?«

Ich grinse. Ich liebe es, dass sie einfach so von unserer Tochter redet. »Mag sein, dass ich sie aufgehoben habe, als sie hingefallen ist. Aber sie hat nicht geweint. Nur gesagt, dass ihr die Hand wehtut. Ich hab gepustet und sie gesund geküsst.«

Sie lacht. »Oh, das hätte ich so gerne gesehen!«

Ich bin einen Moment still. »Was ist mit Disziplin?«

»Wenn sie Unsinn anstellt, dann sag ich ihr das. Ich versuche sie nicht anzuschreien, aber das funktioniert nicht immer, vor allem dann nicht, wenn sie gefährliche Dinge macht.«

»Klapse?«

»Nie.«

Ich nicke. »Okay.«

»Bist du damit einverstanden?«

»Natürlich.« Ich streiche mir über den Nacken. »Du musst nachsichtig mit mir sein.«

Sie nickt. »Klar, wenn du sie anschreist oder ...«

»Das meine ich nicht. Ich befürchte nur, dass ich der gute Cop sein werde ...«

Sie lacht. »Oh, mein Softie!«

Ich umfasse ihr Gesicht. »Mac, ich würde sie nie schlagen. Niemals. Und dich auch nicht.«

Sie schlingt ihre Finger um meine Handgelenke. »Ich weiß, Hunter. Ich weiß!«

»Es ist mir sehr wichtig, dass du es weißt.«

Sie beugt sich vor, küsst meine Lippen. »Ich weiß das. Ich bin immer vollkommen sicher bei dir.«

Ich schaue sie einen Moment an. »Bisher hatte ich nicht mit PTSD zu kämpfen, aber ... Keine Ahnung. Ich hab jede Menge Scheiß gesehen. Kann sein, dass das noch kommt.«

»Was immer dann passiert, machst du nicht absichtlich«, sagt sie. Ich vergesse manchmal, dass sie Therapeutin ist und sich auskennt.

»Vergiss das nicht. Vergiss niemals, dass ich niemals eine Bedrohung für dich bin.«

Sie schüttelt den Kopf. »Ich will dich in meinem und in Hazels Leben. Wenn ich denken würde, du könntest schlecht für uns sein, würde ich das nicht tun.«

Ich streichel mit dem Daumen über ihre Lippen. »Du hast mich zum glücklichsten Mann der Welt gemacht, Baby.«

Sie richtet sich leicht auf, lehnt ihre Stirn gegen meine. »Ich bin so froh, dass du hier bist. Willst du nicht ...?«

Ich weiß, was sie mich fragen will. »Es ist besser für uns beide, wenn ich erst mal im Rehazentrum bleibe. Gerade haben wir noch abgemacht, dass wir es langsam angehen, und drei Minuten später kann ich kaum die Finger von dir lassen. Wir brauchen ein bisschen räumliche Distanz, Babe. Sonst fallen wir wie wilde Tiere übereinander her.«

Sie grinst. »Nicht die schlechteste Idee.«

Meine Finger streicheln ihren Rücken entlang, umfassen ihren perfekten Arsch.

»Wir werden vögeln, Mac«, verspreche ich ihr. »Ich hab an nichts anderes gedacht als an das.«

Ich sehe, wie sich ihr Gesicht bewölkt. »Wieso hast du dich nicht gemeldet, Hunter? Wieso hast du mich so rigoros ausgeschlossen? Ich hab dein Herz gebrochen, aber du hast auch meins gebrochen.«

Ich hatte damit gerechnet. Bisher ist es viel zu glatt gelaufen. Und ich weiß natürlich, dass ich sie mit meinem ablehnenden Verhalten auch verletzt habe. Natürlich. »Das war das Schwerste, das ich je im Leben getan habe. Ich konnte einfach nicht mehr. Ich hatte so viel Hoffnung, immer. In mir drin hat mir immer etwas gesagt, dass wir irgendwann zusammen kommen. Aber dann ... Mac, stell dir vor, die Nacht wäre mit vertauschten Rollen geschehen. Meine Freundin hätte uns erwischt. Du bittest mich, mit dir zu kommen, und ich bleibe. Was hättest du empfunden? Du warst das erste Mädchen, das ich geliebt habe. Das einzige. Ich hatte schon vier Jahre auf dich gewartet, hatte dich endlich da, wo ich dich immer wollte ... Und du?« Ich streich mir über den Nacken. »Ich war fertig, Mac. Zerstört.«

»Ich hab dich so vermisst, Hunter. Ja, ich bin nicht mitgekommen, aber du hast mich weggestoßen. Das war auch Scheiße. Du hast mir ebenso das Gefühl gegeben, dass du mich nicht willst.«

»Ich wollte dich auch nicht mehr wollen.«

»Mich hat das auch verletzt, Hunter. Du bist nicht der einzige, der gelitten hat.«

Ich streichel ihre Wange. »Ich weiß, Baby. Wir haben beide Fehler gemacht und wir haben beide dafür bezahlt.«

»Ich hätte dich gebraucht.«

»Ich weiß.«

»Ich wollte dich bei der Geburt dabei haben.«

Fuck, ja! Ich wollte auch dabei sein! Ich hätte dabei sein sollen. Was für ein Dad ist nicht bei der Geburt seines Kindes dabei? Ich umfasse ihr Gesicht zärtlich mit beiden Händen. »Ich werde immer bereuen, dass ich nicht da war.«

»Ich weiß, dass du da gerade in Afghanistan warst, aber ...«

»Ich wäre nicht gegangen, wenn es anders gelaufen wäre. Dann hätte ich Force Recon beendet.«

Sie lehnt ihre Stirn an meine Brust. »Gott, Hunter ... Das ist alles so abgefuckt.«

Meine Finger massieren sanft ihren Nacken. »Und es ist wirklich krass, wenn es dich zum Fluchen bringt.«

»Ja.«

»Es tut mir leid, dass ich den Kontakt abgebrochen habe. Es tut mir leid, dass ich Carey verboten habe, über dich zu sprechen. Du wirst nie wissen, wie leid mir das alles tut. Ich habe alles verpasst. Und dazu kommt noch, dass Carey deine Pussy gesehen hat ...« Ich kann es immer noch nicht fassen, dass es dazu gekommen ist. Ich grinse.

»Selbst Schuld«, gibt sie zurück.

Ich hebe ihr Kinn an. »Wir versprechen einander etwas.«

»Okay.«

»Wir versprechen einander, dass wir den anderen niemals im Zweifel über unsere Gefühle lassen. Und wir versprechen einander, dass wir den anderen niemals ausschließen. Wir reden, wenn uns etwas stört, so lange bis wir eine Lösung haben. Oder heißen Sex.«

»Okay.«

»Sag's mir, Mac.«

Ihre Finger berühren meine Wangen, meinen Bart. »Ich liebe dich, Hunter Tilman.«

Ich lächel. »Ich liebe dich, Mackenzie Hall.« Plötzlich taucht eine Frage in mir auf. »Wie heißt Hazel mit Nachnamen?«

»Tilman.«

In mir steigt ein warmes Gefühl auf. Sie hat Hazel meinen Nachnamen gegeben? Ich kann es nicht fassen! Fuck, ja! »Wirklich?«

Sie zuckt mit den Schultern.

Ich ziehe sie fest an mich. Mein Herz pocht so laut, dass es gleich aus meiner Brust springen wird. »Du machst mich so unglaublich glücklich.«

»Und ich dachte, ich setze dich unter Druck«, murmelt sie gegen mein Shirt.

Ich bin einen Moment perplex. Was meint sie? »Wieso?«

»Weil ich irgendwann auch so heißen will wie meine Tochter.«

Ist das ein Heiratsantrag? Ist es, oder? Sagt sie mir, dass sie mich heiraten will, ihr Leben mit mir verbringen will? Mein Herz schlägt noch mal schneller, weil es nichts gibt, was ich mir mehr wünsche als das! Aber ich sage: »So viel zum langsam angehen lassen.«

»Das war in dem Moment vorbei, als ich dir einen geblasen habe.«

»Und dein Mund um meinen Schwanz fühlt sich grandios an.« Tut er wirklich.

»Wäre auch doof, wenn nicht.«

Ich umfasse ihre Oberarme, löse Mac von mir, drücke sie leicht nach hinten, sodass sie gegen die Tischkante gelehnt ist. So kann ich ihr in die Augen schauen. »Aber darum geht es nicht.«

Sie nickt. »Das ist nur Bonus.«

Ich lächel sie an auf die Art, die sie mag. Ihre Augen weiten sich leicht, ihre Lippen öffnen sich, ihr Atem geht schneller, ihr Puls galoppiert. Und ihre Pussy saftet. »Ein Hammerbonus.«

»Hunter ...«

»Ja?«

»Komm mit nach Hause.«

Fuck! Ich will nichts mehr als das! In ihrem Bett liegen, die nackte Mac neben mir. Jederzeit Zugang zu ihr zu haben, sie so zu ficken, wie ich es will. Morgens mit Hazel kuscheln und Kaffee kochen. Die einfache Zeit mit Carey zurückbekommen. Auf der Couch zu sitzen und Videospiele zu zocken, während Hazel auf meinem Schoß sitzt. Ich will all das. So sehr. Aber ... »Ich kann nicht,

Mac. Ich will nichts mehr als das, aber ich glaube, wir brauchen Zeit. Du siehst doch, was geschieht, wenn wir alleine sind. So lösen wir aber keine Probleme.«

»Kein Sex ist auch keine Lösung.«

Ich grinse. »Vielleicht nicht, aber wir brauchen eine andere Basis.«

»Findest du Sex keine gute Basis?«

»Nicht, wenn wir den Rest unseres Lebens miteinander verbringen wollen.«

Ich schlinge meine Arme um sie. Es ist erstaunlich, wie leicht es mir fällt, nachdem wir so lange getrennt waren. Und damals nicht mal wirklich viel Zeit miteinander verbracht haben. Aber es fühlt sich richtig an, sie in meinen Armen zu haben.

»Hast du kein Problem damit, dass ich nur noch ein Bein habe?«

Sie schüttelt den Kopf. »Nein. Du bist immer noch der heißeste Mann, den ich je gesehen habe.«

Ich hab mich nie als eitel empfunden, aber als sie das sagt, explodieren Gefühle in mir. Ich will, dass sie mich heiß findet. Ich will, dass sie nur mich heiß findet und niemanden sonst. Fuck, sie soll andere Männer nicht einmal mehr anschauen!

Sie beugt sich zu meinem Ohr und flüstert: »Und solange du in der Lage bist, mich zu ficken, ist alles okay.«

Ich werd hart. So scheiße hart bei diesen Worten. Sie reibt ihre Pussy an meinem Ständer und meine Hände fliegen zu ihren Hüften, um sie zu stoppen. »Nicht, Baby. Ich kann mich nicht kontrollieren, wenn du das tust.«

»Vielleicht will ich gar nicht, dass du dich kontrollierst.«

»Mac ...« Das klingt beinahe flehend. »Hilf mir. Verführ mich nicht. Ich kann dir nicht widerstehen.«

»Sollst du auch nicht.« Sie lässt ihre Hand zwischen uns gleiten und streichelt meinen Steifen.

Ich stöhne leise und angel nach ihrer Handtasche. Ich suche nach ihrem Handy und rufe Carey an, damit er uns abholt.

»Spielverderber«, sagt sie und zieht eine Schnute.

Sie ist so süß. Und heiß. Ich drücke einen Kuss auf ihren Mund und grinse leicht. »Du bist süß, wenn du beleidigt bist.«

Sie lehnt sich gegen mich. »Wie lange gehen wir es langsam an?«

Ich grinse, liebe es, dass sie mich so sehr will. Ich ziehe sie an mich, küsse sie auf ihre Haare und antworte: »Bis ich dich erlöse.«

12
Mac

Ich hasse es, Hunter ins Rehazentrum zu bringen. Ich will ihn mit nach Hause nehmen, will, dass er bei uns ist, dass er bei Hazel ist. Ich weiß nicht, ob er recht hat, dass wir Zeit brauchen. Ich hab eher das Bedürfnis, alles so schnell so eng zu machen, dass er nicht mehr entkommen kann. Gleichzeitig ist mir aber natürlich auch bewusst, dass es so nicht geht, weil er ja aus eigenem, freien Willen bei mir bleiben muss.

Ich bringe ihn rein, stehe neben ihm, als er sich anmeldet.

Und dann kommt der Moment.

»Zeit zu gehen, Baby«, sagt er leise. Ich schaue auf ihn hinunter und schlucke. Ich kann mich nicht verabschieden!

Als hätte er den Tumult hinter meinen Augen gesehen, zieht er mich auf seinen Schoß. »Nicht weinen, Baby. Du kommst mich so oft besuchen, wie du kannst. Ja?« Er streichelt mein Gesicht, streicht Haare hinter meine Ohren.

Ich nicke, bin aber trotzdem nicht damit einverstanden. Gott, er geht nicht zurück in den Mittleren Osten! Er ist eine fünfzehnminütige Fahrt von Zuhause entfernt, das ist nichts. Gar nichts. Und wieso fühle ich mich dann, als würde ich ihn erneut verlieren, nachdem ich ihn doch gerade erst wiederbekommen habe?

Ich schlinge meine Arme um ihn, drücke mein Gesicht in seine Halsbeuge. »Ich liebe dich, Hunt.«

»Ich dich auch, Babe. Kommst du morgen vorbei?«

»Versuch mich abzuhalten.«

»Niemals.«

Er küsst meine Lippen sanft, bevor ich aufstehe. Ein Pfleger greift nach seinem Rollstuhl, schiebt ihn durch eine Tür und er ist verschwunden.

Ein flaues Gefühl breitet sich in meinem Magen aus. Aber wenigstens weiß ich, dass ich hier nicht auf die schwarze Liste gesetzt werde und ihn jederzeit sehen kann. Hoffe ich.

»Du kannst nicht vierundzwanzig Stunden bei ihm sein«, sagt Carey ein paar Tage später. »Du musst ihm auch ein wenig Luft zum Atmen geben.«

Ich nicke, kaue auf meiner Lippe. »Ich weiß, aber ...«

»Aber?«, hakt er nach.

»Aber ich befürchte, dass er mir durch die Finger gleitet.«

Carey schnaubt. »Er liebt dich, Mac.«

»Vielleicht nur wegen Hazel.«

Er schaut mich ungläubig an. »Du hast einen Knall. Er ist bis über beide Ohren in dich verliebt. Vertrau ihm, Doll. Anders geht es nicht. Ihr habt keine Chance, wenn du ihm nicht vertrauen kannst.«

»Du hast leicht reden.«

»Eng ihn nicht ein, das ist alles, was ich dir sagen kann. Könnte sein, dass er allergisch darauf reagiert.«

»Du meinst also, ich sollte heute nicht hinfahren?«

»Hmmh.«

»Hat er was gesagt? Hat er gesagt, dass ich ihm zu klettig bin?« Sonst würde Carey doch das Thema jetzt nicht anschneiden, oder? Er muss was gesagt haben.

»Nein, hat er nicht.«

»Du würdest es mir doch sagen, oder?«

»Natürlich.«

Ich kneife meine Augen zusammen und studiere ihn. Er schaut mich ein wenig verletzt an. »Ehrlich, Mac? Ich bin dein bester Freund. Ich habe dir nie einen Grund gegeben, mir nicht zu vertrauen, und so dankst du es mir? So?«

Ich senke zerknirscht den Blick. »Entschuldige, C. Ich frag mich nur, wie du auf das Thema so plötzlich gekommen bist.«

Er lacht. »Fuck, Mac! Du warst gestern noch einmal für ihn einkaufen, nachdem du es bereits dreimal getan hast. Im Kühlschrank steht ein Schokokuchen, den ich nicht essen darf, weil er für ihn ist. Und du hast schon das vierte Outfit heute an. Übrigens fand ich das lila Kleid am besten.«

Ich lasse mir seine Worte durch den Kopf gehen. Leider hat er recht. Ich bin ein bisschen wahnsinnig ... Ich erzähle ihm besser nicht, dass ich auch schon Platz für ihn in meinem Kleiderschrank geschaffen habe ...

»Ich ...«, fange ich an, um mich zu rechtfertigen.

»Ich weiß, Doll. Du bist so glücklich, dass du Hunter wieder hast, dass du über die Stränge schlägst. Ich sag nur, erdrück ihn nicht. Und ...« Er grinst frech. »Vielleicht solltest du ihm auch nicht bei jedem Besuch einen blasen.«

Meine Wangen werden pink. »Was? Woher ...? Hat er ...?«

Er schüttelt den Kopf. »Hunter würde nie was erzählen. Und ich hab es nur vermutet, aber danke für die Bestätigung.«

»Arsch.«

»Asch!«, kräht Hazel, die auf dem Boden spielt. Wieso hat dieses Kind einen Radar für schmutzige Worte?

»Er wirkt total entspannt, du dagegen gar nicht. Du scheinst mit sexueller Energie zu laufen.«

Ich zucke mit den Schultern und werde noch einen Ton tiefer rot.

»Gibt er es zurück?«

Nein, tut er nicht, aber kann ich das Carey sagen?

Ich bin wohl einen Moment zu lange still, denn er sagt: »Das bedeutet also, dass du ihm ständig einen bläst, er dir aber nichts Gutes tut. Das ist scheiße, Mac.«

»Er wird es tun, Carey. Aber momentan ... hmmh ... ich glaub, dass er ... sich nicht mehr so ganz wie ein Mann vorkommt. Als wäre er mit nur noch einem Bein nur ein halber Mann. Und wenn ich ihm helfen kann, indem ich vor ihm knie ... Nun ja ... dann tue ich es.« Ich lächel leicht. »Und es ist ja nicht so, als wäre es Tortur.«

»Du glaubst also, wenn du vor ihm kniest, hingebungsvoll seinen Schwanz lutschst, ihm liebevoll in die Augen schaust, dann hilft ihm das bei seiner Genesung?«

»Ja.«

Er legt den Kopf schief. »Hmmh. Könnte was dran sein. Und falls nicht, hat er zumindest seinen Spaß.« Er lacht laut. »Wenn du ihn gleich siehst, solltest du es ein bisschen variieren und seinen Schwanz zwischen die Titten nehmen.«

»Titten. Schwanz.«

Carey lacht sich kaputt, als er unseren Papagei böse Worte sagen hört. Ich kann darüber nur den Kopf schütteln. Ich mein, ich versuche nicht zu fluchen. Außer bei Hunter, weil ich weiß, dass es ihn anmacht, wenn ich *ficken* sage. Auch wenn wir bisher nur Liebe gemacht haben. Nicht weiter verwunderlich, schließlich haben wir es nur ein einziges Mal getan.

»Irgendwann wird sie das im Kindergarten sagen und die Leitung wird mich dahin zitieren, aber dann werde ich dich vorschicken!«

Carey lacht. »Hunt hat ihr schon viel mehr böse Worte beigebracht.«

»Vielleicht ist es doch keine so gute Idee, einen Soldaten als Vater zu haben«, grummel ich in meinen nicht vorhandenen Bart.

Er wirft mir einen wissenden Blick zu. »Red dir das ruhig selbst ein. Hey. Wenn du es tust, solltest du seine Prothese anfassen.«

Ich kneife die Augen zusammen. »Hallo? Hältst du mich für bescheuert? Das mache ich natürlich schon!«

»Braves Mädchen«, meint er und zwinkert mir zu.

Ich schnaube empört, was ihn aber nur zum Lachen bringt.

»Dann zieh dir wieder das lila Kleid an, damit du deinen Helden verwöhnen kannst.«

»Du bist so überhaupt nicht witzig«, sage ich und gehe in mein Zimmer, um das lila Kleid anzuziehen.

Ich betrachte mich im Spiegel und zupfe es am Busen zurecht. Ich hatte schon immer viel Oberweite, aber seit Hazel ist es noch mehr geworden. Hunter scheint es zu mögen, auch wenn ich manchmal denke, dass es reichlich obszön aussieht.

»Zieh einen Push-up drunter«, sagt Carey von der Tür.

»Damit es komplett nach Porno aussieht?«

»Hunter mag Pornos.«

Ich zucke mit den Schultern und schlage Carey die Tür vor der Nase zu. Dann ziehe ich einen anderen BH an. Hmmh. Ist das nicht zu viel?

»Carey?«

»Ja?«

»Ich glaub, so ist das zu viel.«

»Quatsch. Da weiß er sofort, was du vorhast«, grinst Carey, während er auf mein Dekolleté starrt.

»Aber hier ... alles quillt raus.«

»Das muss so. Zieh eine Jacke drüber, und wenn ihr alleine seid, kannst du sie ausziehen.«

»Meinst du?«

»Ja.«

»Aber ich dachte, ich soll heute nicht hin.«

Er zieht die Augenbrauen hoch. »Und? Hältst du dich dran?«

Ich schüttel grinsend den Kopf.

»Lass Hazel hier.«

»Aber er freut sich immer auf Hazel.«

»Wenn du sie mitnimmst, gibt's keinen Blow für Hunter.«

»Hmmh.«

»Fahr alleine.«

»Na gut.«

»Ich geh morgen Vormittag mit Hazel.«

Ich nicke. »Danke, Carey.«

»Immer, Doll. Das weißt du.«

»Wo ist Hazel?«, fragt Hunter, als ich in den Gemeinschaftsraum komme.

Gott, ich hätte sie doch mitnehmen sollen! Wie konnte ich sie zu Hause lassen? Hunter ist verrückt nach ihr.

»Bei Carey«, antworte ich leise.

Er nickt. »Lass uns rausgehen.«

Er läuft mittlerweile kurze Strecken alleine. Es ist noch nicht alles ganz rund, aber es läuft sehr gut. Ich bin so stolz auf ihn. Er greift nach meiner Hand und gemeinsam gehen wir in den Garten. Wir spazieren ein paar Schritte, bevor ich den Mund aufmache.

»Es tut mir leid, dass ich Hazel nicht mitgebracht habe, Hunter. Ich bin so ein Trottel. Aber Carey bringt sie dir morgen früh, versprochen.«

Er streichelt meine Hand, die immer noch in seiner liegt. »Ich freue mich auch über dich allein, Mac.«

»Aber ...«

»Lass es. Interpretier nichts rein.«

Ich nicke. Er führt mich in eine ruhige Ecke mit Blick aufs Meer. Ich schaue in den tobenden Pazifik. Hunter tritt hinter mich und schließt die Arme um mich. Ich lasse meinen Kopf gegen seine Schulter fallen und lege meine Hände auf seine Unterarme. Er lehnt seinen Kopf gegen mich und wir stehen einen langen Moment so da.

»Mac«, flüstert er heiser.

»Hmmh?«

Seine Hände wandern nach oben und umfassen meinen Busen. Ich öffne die Knöpfe meiner Strickjacke.

»Fuck, Mac«, knurrt er und schiebt seine Hände in meinen Ausschnitt. »Wie gern würde ich dich vögeln.« Schnaubend zieht er seine Hände wieder raus, greift nach meiner Hand und wir spazieren durch den Garten. Er weiß ja nicht, dass ich auch so unbedingt mit ihm vögeln will.

»Gestern Abend war Shane da«, sagt er plötzlich.

»Hast du dich gefreut?«

»Sehr, aber es ist auch komisch.«

»Wieso komisch?«, frage ich und streichel über seine Fingerknöchel. Seine Hand ist so riesig in meiner.

Er fasst sich mit der anderen Hand in den Nacken. »Ich weiß, dass ich niemandem einen Vorwurf machen kann, außer mir. Aber... fuck ... wenn ich daran denke, dass nur ein Wort von Shane uns beide aus der Misere geholt hätte ...«

Ich beiße mir auf die Lippen und bin still.

»Was?«, fragt er, als ich nach einer ganzen Weile nicht geantwortet habe.

»Das ist meine Schuld.«

»Deine Schuld? Mac ...«

»Lass es mich erklären, okay?«

Er nickt. Aber wie kann ich das erklären, was ich mir dabei gedacht habe?

»Okay, also ich hab gedacht, dass du einen Freund brauchst. Einen, dem du ganz vertrauen kannst, einen, der immer auf deiner Seite steht. Und du hattest Shane dein Vertrauen geschenkt. Ich wollte nicht, dass er das kompromittiert. Ich dachte, du brauchst ihn, um mit deinem harten Job fertig zu werden.«

»Mac ...« Er schüttelt den Kopf. »Wieso?«

Ich will meine Hand aus seiner ziehen, aber er hält sie fest, und das wärmt mein Herz, weil ich das Gefühl habe, dass ich vielleicht doch nicht alles versaut habe. »Es hat mir das Herz gebrochen. Wirklich. Aber es gab nichts Wichtigeres in dieser Zeit für mich, als dass du heil wieder nach Hause kommst. Ich wollte da nichts riskieren.«

»Du bist so dumm.«

In mir zieht sich alles zusammen. Er ist sauer auf mich. Die Tränen steigen wieder hoch, aber ich kämpfe sie runter. Ich will nicht so eine jämmerliche Gestalt sein, die ständig nur heult.

»Du bist so dumm, Mac, dass du annimmst, dass ich dir das zum Vorwurf gemacht hätte.«

Ich schaue zu ihm auf. Er lächelt.

»Baby ...« Er zieht an meiner Hand, zieht mich in seine Arme. »Wir haben beide unglaublich viele Fehler gemacht. So unglaublich viele.«

Ich nicke gegen seine Brust, vergrabe meine Finger in seinem T-Shirt.

»Wir müssen damit aufhören. Dringend. Okay? Wir können das nicht überleben, wenn wir so weitermachen.«

Ich nicke erneut. Er hat Recht. Er hat so dermaßen Recht.

»Keine Lügen mehr, keine Heimlichtuerei, keine Spielchen, kein Taktieren, kein gar nichts.«

»Kein gar nichts«, wiederhole ich.

Seine Finger sind zärtlich, als er sie unter mein Kinn legt und mein Gesicht hebt. »Ich liebe dich, Mac. Ich liebe dich schon beinahe ein Drittel meines Lebens. Ich werde dich immer lieben.«

Tausende Schauer jagen über meinen Rücken, in mir kribbelt alles. Die große Liebe meines Lebens liebt mich auch. Es gibt nichts Besseres.

Seine Lippen drücken sich sanft auf meine. Aber anstatt wie sonst den Kuss zu vertiefen, bliebt er liebevoll, zeigt mir, dass es noch so viele Ebenen mehr in unserer Beziehung gibt, und nicht nur die leidenschaftliche.

»Ich liebe dich auch«, sage ich, als er sich kurz löst. Mein Atem schlägt gegen seine Lippen, und einen Moment atmen wir dieselbe Luft.

Er lächelt, so voller Liebe, dass mir die Knie weich werden. Erst dann realisiere ich, dass es gar nicht ich bin, die wackelt, sondern er. Er steht auch schon viel zu lange. Ich sehe eine kleine Sitzgruppe und führe ihn dorthin.

Als er sieht, wohin wir gehen, sagt er: »Alles okay, Mac. Ich schaff das.«

»Ich weiß, Babe, aber ich will auf deinen Schoß, damit du mich ganz eng halten kannst.« Es ist nur eine kleine Notlüge, aber ganz offensichtlich braucht Hunter das Gefühl, ein echter Mann zu sein. Was ich auch nie in Frage stellen würde. Aber offensichtlich tut er es selbst.

13

HUNTER

Ich setze mich auf die Bank und ziehe sie rittlings auf meinen Schoß. Was keine besonders gute Idee ist, weil sich ihre Titten gegen meine Brust drücken und ich nichts lieber tun will, als sie zu kneten, an ihnen zu lecken ... Titten sind einfach das Geilste überhaupt.

Aber ich beherrsche mich. Mit Mühe und Not, aber ich tue es.

So gern ich sie auch vor mir auf die Knie dirigieren will, weil ihre BJs einfach die Besten sind, kann ich es doch nicht tun. Ich würde mich nicht unbedingt als Gentleman bezeichnen, aber mir ist es wichtig, dass Mac auch ihren Spaß hat, Vergnügen hat. Sie war bisher sehr selbstlos. Das kann ich nicht ausnutzen, auch wenn ich weiß, dass sie es nicht so empfinden würde.

Und es ist natürlich ein Riesenvorteil, nicht mehr in Virginia zu sein. Wie konnte ich nur versuchen, mich umzubringen? Wie? Ich hätte nie gedacht, dass ich jemals ein Typ bin, der aufgibt, aber offensichtlich bin ich das. Wie ist das möglich?

Ich weiß, ich muss mir selbst vergeben, aber das ist viel leichter gesagt, als getan. Es war dämlich. So abgrundtief dämlich. Was wäre, wenn ich Erfolg gehabt hätte und niemals meinen kleinen Sonnenschein getroffen hätte, niemals wieder Mac geküsst hätte? Und was hätte ich meiner Familie damit angetan?

Ich versuche mir zu vergeben. Wirklich. Aber während es wirklich leicht ist, Mac zu vergeben, ist es scheißschwer, für mich selber eine Entschuldigung zu finden ... Aber mit Schuldgefühlen lebt es sich nicht gut.

Ich bin froh, hier in San Diego zu sein. Mac kommt jeden Tag vorbei ebenso wie Carey. Einer von beiden bringt immer Hazel mit, die ich von Tag zu Tag mehr ins Herz schließe. Ich lerne immer besser mit meiner Prothese umzugehen. Es scheint, alles gut zu sein.

Bis ich nachts alleine in meinem Bett liege und den Kopf nicht abstellen kann, weil er mir all die schlimmen Dinge in allen Einzelheiten zeigt. Als würde er befürchten, dass ich irgendwas von den Gräueltaten vergessen könnte. Und das sind nicht mal die schlimmen Träume ... Das ist nur die verblasste Erinnerung an eine Realität, die furchtbarer ist, als jede Horrorgeschichte.

Die Schatten dieser Träume verfolgen mich den ganzen Tag. Ich bin schlecht gelaunt, müde, unkonzentriert. Die einzigen Lichtblicke sind die Momente, in denen Hazel mich Daddy nennt. Ich hätte nie gedacht, dass dieses kleine Wort eine solche Wirkung haben kann. Sie hält mein Herz in den Händen, so kitschig das auch klingen mag.

Und Mac hilft mir auch, den Trübsinn zu vertreiben oder ihn zumindest für einen Augenblick zu vergessen, sobald sie vor mir kniet und meinen Schwanz im Mund hat. Ich weiß, ich sollte ihr auch Orgasmen schenken, aber ... Fuck! Keine Ahnung! Macht es mich zum Arsch, dass ich es liebe, dass sie meinen Schwanz so leidenschaftlich bläst und gar nicht erwartet, dass ich das Gleiche für sie tue? Bin ich ein Pisser, weil ich mein Mädchen gerne auf den Knien vor mir habe und es mir ein gutes Gefühl gibt? Dann ist es eben so! Dann nennt mich Macho oder Arschloch oder Hurensohn oder was auch immer. Ich liebe es, wenn Mac meinen Schwanz richtig tief im Mund hat und ich ihre ansehen kann, dass ihre Pussy wie verrückt saftet, weil es sie anmacht, dass sie in dieser hingebungsvollen Rolle ist.

Aber keine Sorge ... In zwei Wochen ist die Reha beendet und das Erste, was ich tun werde, wenn ich in Macs Bett liege, ist ihre Pussy zu lecken. Und zu lecken. Und zu lecken. Ihr versteht schon.

Jetzt kuschelt sie ihren Kopf in meine Halsbeuge und meine Arme schlingen sich um sie. Ich bin froh, dass sie sich setzen wollte. Ich würde es niemals gestehen, aber meine Beine haben gezittert. Ich hasse, dass ich momentan eher einem Flamingo gleiche und noch nicht die volle Kontrolle über meine Prothese habe.

»Ich liebe dich«, murmel ich und küsse sie auf den Kopf.

Sie schnurrt. Beinahe. Sie liebt es zu kuscheln. Ich muss mich daran gewöhnen. Ich hab schon lange nicht mehr gekuschelt. Das letzte Mal hatte ich sie in den Armen. Keine der anderen Weiber hatte ich jemals die ganze Nacht bei mir.

Aber Mac ...

Hmmh ... Mac.

Ich liebe es, sie an meinem Körper zu spüren. Ich liebe es, meine Haut an ihrer zu spüren. Macht mich das zu einem Weichei? Scheiß drauf, solange das bedeutet, dass ich Mac habe.

Sie löst sich leicht, ihre Finger wandern an meine Wangen. Sie schaut mir prüfend in die Augen. Ich weiß, was sie sieht. Schatten, Müdigkeit, Gereiztheit ...

»Wie geht es dir?«, fragt sie leise.

Ich zucke mit den Schultern. »Gut.«

Ihr Blick trübt sich. »Lüg mich nicht an.«

Ich kneife meine Augen ein wenig zusammen in der Hoffnung, dass sie der finstere Blick abschrecken würde.

»Das funktioniert nicht«, sagt sie da auch schon.

»Was funktioniert nicht?«

»Mich böse anzustarren in der Hoffnung, dass ich dann Angst vor dir habe und nicht weiter bohre.«

Ich schnaube frustriert. Innerlich liebe ich es, dass sie mich so gut lesen kann. Ich umfasse ihre Wangen und drücke meinen Lippen auf ihre. Sie gibt einen überraschten Laut von sich, bevor sie schmilzt. Ich stecke ihr meine Zunge in den Mund, küsse sie so heftig, dass sie immer mehr und mehr nachgibt. Ich drehe ihren

Kopf ein wenig, ficke ihren Mund. Ihre Finger krallen sich in meine Arme, halten sich fest. Sie reibt ihre Pussy an mir, will Reibung. Kleine Verführerin.

Ich unterbreche den Kuss, schaue sie an. Ihre Lippen sind rotgeküsst, ihre Haare ein wenig durcheinander. Sie atmet schwer. Ihr Blick ist verhangen und geil. Sie hätte nichts dagegen, wenn ich sie gleich hier nehmen würde. Und ich auch nicht ...

Sie schaut auf meine Lippen, streicht über meinen Bart. Langsam klärt sich ihr Blick.

»Sag mir, wie es dir geht«, bittet sie leise.

Ich gleite mir durch die Haare, die länger sind, als sie jemals waren. »Hmmh ... Ich hab ... Albträume.«

Sie nickt langsam. »Das hab ich mir gedacht.«

Meine Hände wandern zu ihren Hüften und ich platziere sie da. Ich reibe den Stoff ihres Kleides, aber stelle mir vor, dass es ihre nackte Haut ist. Scheiß drauf. Ich suche den Saum und lasse meine Finger unter den Stoff wandern. Ich muss sie spüren.

»Ich schlaf nicht so gut«, gebe ich zu.

»Redest du mit deinem Therapeuten darüber?«

Ich nicke.

Sie ist einen Moment still. »Bei Albträumen hilft ein Verfahren namens *Imagery Rehearsal.* Ist es immer der gleiche Traum, den du hast?« Ich nicke, obwohl es viele Träume sind, aber nur der eine macht mir eine Scheißangst. »Dann stell dir im wachen Zustand den Albtraum in allen Einzelheiten vor und dann erfindest du ein gutes Ende. Je detailreicher du den Albtraum ausmalst, desto erfolgreicher ist es.«

Ich schaue sie skeptisch an. »Klar, Mac. Ich erfinde einfach ein gutes Ende und schwupps! Ich träum nur noch von Regenbögen und Schmetterlingen.«

»Lehn es nicht ab, bevor du es nicht probiert hast. Ich weiß, es hört sich einfach an. Zu einfach vielleicht, aber es hilft. Nicht nur bei Albträumen, aber auch da. Und du hast keine anderen PTSD

Symptome, oder? Du bist nicht aggressiv, hast keine Bindungsstörungen oder zeigst Suchtverhalten?«

Ich streiche mir durch die Haare. »Nein, Mac. Hab ich alles nicht.«

»Dann versuch es. Auch wenn du es albern findest, es wäre doch einen Versuch wert, oder?«

Ich lehne meinen Kopf an ihre Schulter. Ihre Finger massieren meinen Nacken.

»Wenn du nach Hause kommst ...«

»Vielleicht sollte ich mir eine eigene Wohnung suchen ...« Ich hab keine Ahnung, warum ich das sage. Ich will bei meiner Familie leben.

Sie versteift sich. »Ja, ähm, wenn du das willst. Ich mein ... wenn du das brauchst ... klar. Soll ich ... soll ich dir bei der Suche helfen?« Ihre Stimme klingt traurig, aber sie versucht zu lächeln, versucht tapfer zu sein. Ich bin so ein Bastard, dass ich versuche, sie zu verletzen, weil sie mir helfen will.

Ich greife nach ihren Oberarmen. »Fuck, Mac! Es ... es tut mir leid. Ich hab keine Ahnung, warum ich das gesagt habe. Ich will nach Hause kommen.«

Sie schaut mich erleichtert an. »Oh ... das freut mich. Danke.«

»Nein, ich danke dir! Es tut mir leid, Mac. Verzeihst du mir?«

Sie nickt lächelnd. »Immer, Babe.«

Ich grinse. Ich mag es, wenn sie mich so nennt, auch wenn das nicht der männlichste Kosename der Welt ist. Aber seien wir ehrlich, welcher Kosename ist es schon? Außer sie würde mich Hulk nennen. Aber ist das ein Kompliment?

»Wirst du es probieren?«

Ich schnaube leicht, weil sie mich zu so einer Kindergartenkacke zwingen will, aber dann nicke ich. Ich weiß nicht, wie es ist, mit einem kleinen Kind zusammenzuleben, aber ich kann mir vorstellen, dass ich alle Energie brauche, die ich aufbringen kann. Wenn die Albträume mich nachts wachhalten ... Fuck! Ich will nicht, dass es ihr Leben beeinflusst. Das darf nicht sein. Es ist schlimm genug, dass es mein Leben beeinträchtigt. Und Macs. Aber doch nicht Hazels! Ich weiß, dass ich alles tun werde, damit sie eine glückliche Kindheit hat.

»Ich mach es.«

»Danke.«

Ich streiche ihre Haare aus dem Gesicht und beuge mich zu ihr, um sie zu küssen. Wie immer empfängt sie meinen Mund und meine Zunge, spielt mit ihr. Ihre Laute und die Kraft, mit der sie mich hält, zeigen mir, dass sie das hier will. Mich will. Und ich will sie auch. Wer hatte noch mal die Idee, es langsam angehen zu lassen?

Sie lächelt, als wir uns voneinander lösen.

»Ich hab dir was mitgebracht«, sagt sie und steht auf, um etwas aus der Tasche zu holen, die sie auf den Boden gestellt hat. Sie stellt zwei Teller auf den Tisch, der neben uns steht. Und dann einen Schokokuchen. Wer liebt keine Frau, die backen kann? Fuck! Ihr habt recht. Ich bin ein Macho.

Sie schneidet ein Stück für mich ab und reicht mir den Teller.

»Stopp, Mac. Komm her.«

Sie setzt sich wieder auf meinen Schoß und ich füttere uns beide mit dem Kuchen, der – wie könnte es auch anders sein? – unglaublich schmeckt.

»Lecker«, sage ich mehrmals und sie strahlt. Sie mag es, sich um andere zu kümmern. Sie hatte schon immer eine mütterliche Ader, auch wenn ich hoffe, dass sie sich aus anderen Gefühlen um mich bemüht.

»Willst du weitere Kinder?«, fragt sie plötzlich.

Ich verschlucke mich an meinem Kuchen. »Was?«, keuche ich und huste Krümel aus.

Sie schaut unsicher zur Seite.

Ich fasse an ihr Kinn und bewege ihr Gesicht so, dass sie mir in die Augen guckt. »Hör mit diesem Scheiß auf, Mac. Ich will nicht, dass du unsicher mir gegenüber bist. Du kannst mich immer alles fragen, kannst mir alles erzählen. Ich will alles von dir wissen und werde niemals irgendetwas als lächerlich abtun.«

Sie nickt leicht. »Also?«

»Ja.«

»Ja, du willst mehr Kinder?«

»Ja.«

»Mit mir?«

»Nein, mit meiner Zweitfrau. Natürlich mit dir, du verrücktes Weib.«

Sie wirft so stürmisch die Arme um mich, dass mir der Teller aus den Händen rutscht. Ich höre es klirren, während ich ein wenig perplex bin.

»Wenn ich gewusst hätte, dass es dich anturnt, wenn ich dich beschimpfe, hätte ich es schon öfter gemacht«, sage ich gegen ihren Hals.

Sie lacht leise und schmiegt sich an mich.

»Okay, Mac ...«, sage ich nach einer Weile. »Lass uns über die Zukunft sprechen.«

Sie nickt und setzt sich auf. »Du kommst in zwei Wochen raus.«

»Ich komme in zwei Wochen raus. Die Marines zahlen mein Gehalt noch eine Weile weiter. Ich will im nächsten Semester an die Uni.«

Sie schaut mich mit großen Augen an. »Wirklich?«

»Yep. Ich kann nicht auf der faulen Haut liegen.«

»Was willst du studieren?«

»Jura.«

Sie lächelt leicht. »So cool!«

»Ja?«, frage ich erleichtert. Wieso ich das bin, weiß ich nicht. Aber ich bin froh, dass Mac meine Berufswahl unterstützt.

»Auf jeden Fall! Wir schaffen das, Hunt.«

Ich streiche ihr eine wilde Strähne aus dem Gesicht. »Die Marines zahlen meine Studiengebühren, wenn ich mich verpflichte.«

Sie schaut mich verwirrt an. »Aber ...«

»Im J.A.G. Corps.«

Sie lächelt leicht. »Das ist doch super! Du kannst weiterhin ein Teil von allem sein.«

»Ich will vor allem ein Teil meiner Familie sein.«

»Das bist du!«

»Hier in der Gegend ist die UCLA School of Law die beste Wahl.«

»LA?«

Ich nicke. »Aber erst geh ich an die Uni in San Diego und wechsel dann nach dem Bachelor.«

»Okay.«

»Ich will, dass ihr in vier Jahren mit mir kommt.«

Sie lächelt. »Was ist mit langsam angehen lassen?«

»Scheiß drauf.«

Sie lacht und berührt meine Arme. »Das macht mich froh.«

Ich grinse sie an, streichel ihr liebes Gesicht. »Du bist mein.«

»Du bist mein«, sagt sie.

»Versteht sich von selbst«, antworte ich und ziehe sie für einen Kuss näher. »Es wird schwer, in den nächsten vier Jahren ein weiteres Kind zu bekommen.«

»In vier Jahren bin ich sechsunddreißig.«

»Ich weiß.«

»Ich hoffe, du willst nicht zehn Kinder«, scherzt sie.

»Nein. Ein oder zwei.«

»Was, wenn ich dann schon nicht mehr kann?«

Ich zucke mit den Schultern. »Dann haben wir Hazel.«

Sie beißt sich auf die Lippe. »Reicht das?«

Ich fahre ihre Unterlippe entlang. »Du hast mich schon glücklich gemacht, Baby. Du hast mir bereits eine wunderbare Tochter geschenkt. Natürlich ist das genug!«

»Ich will, dass du glücklich bist.«

»Das bin ich, Mac. Das bin ich.«

Sie schlingt ihre Arme um meinen Hals. »Ich kann nicht erwarten, dass du nach Hause kommst.«

»Habt ihr genug Platz?«

»Nur, wenn es okay für dich ist, in meinem Zimmer zu schlafen.« Sie schenkt mir einen atemberaubenden Blick durch die Wimpern und ich schlucke hart.

»Versuch mich abzuhalten.«

»Niemals.«

Ich laufe zum Büro meines Therapeuten. Ich laufe. Wie das klingt. Ich hab das immer als selbstverständlich angesehen. Ich kann halt laufen. Ist eben so. Aber jetzt ... Jetzt sehe ich, was das für ein Geschenk ist. Erst als es mir genommen werden sollte, habe ich erfahren, wie unglaublich diese Fähigkeit ist.

»Guten Morgen, Sergeant«, werde ich von ihm begrüßt.

»Morgen, Sir.« Ich setze mich auf den Stuhl, auf dem ich immer sitze. Klassisch gibt es zwar auch eine Couch, aber das ist nichts für mich.

»Wie geht es Ihnen?«

Ich nicke langsam. »Gut. Ich kann immer besser laufen. Meine Muskeln erinnern sich wieder, wie das geht. Die Physio ist sehr gut, hilft mir viel.«

»Was machen Ihre Albträume?«

Ich lächel leicht. »Sind besser geworden. Meine Freundin hat mir von einer Methode erzählt, bei der man sich ein gutes Ende für die Träume ausdenkt. So albern es sich anhört, es funktioniert.«

Er nickt. »*Imagery Rehearsal.* Das ist eine einfache Idee, kann aber eine erstaunliche Wirkung haben.«

»Ich bin selbst überrascht«, gebe ich zu.

»Was ist Ihr Happyend?«

Ich lehne mich zurück, lege die Hand in den Nacken. »Ich denke, das können Sie erraten. Mac und meine Tochter.«

»Erzählen Sie mir von Ihrem Albtraum und dem neuen Ende.«

Ich schaue nach unten, suche den Anfang des Traums, aber er entgleitet mir immer wieder. Vielleicht ist das ein Zeichen dafür, dass der Anfang nicht so wichtig wie das Ende ist. »Ich kann mich an den Beginn nicht erinnern, aber plötzlich liege ich in einer dunklen Kammer auf dem Rücken. Ich kann nicht aufstehen, obwohl ich mich bewegen kann. Wenn ich meine Arme ausstrecken will, stoße ich schnell an die Grenzen des Raums. Ich bin wie ... wie in einer Kiste, einer großen Kiste. Meine Beine berühren auch die Wände. In mir steigt ein klaustrophobisches Gefühl auf, wenngleich ich sonst eigentlich keine Probleme damit habe. Ich taste nach oben, fühle den Deckel, versuche ihn zu bewegen. Kann es aber nicht. Ich öffne den Mund, will um Hilfe schreien und in dem Moment füllt sich die Kiste mit Erde. Sie fällt in meinen Mund und ich würge und das Atmen fällt mir schwer. Ich habe Angst, so viel Angst wie noch nie in meinem Leben.«

»Waren Sie einmal in dieser Situation?«

Ich schüttel den Kopf.

»Es scheint also eine Metapher zu sein. Dass Sie sich einmal in einer ausweglosen Situation befunden haben, dass Sie nicht entkommen konnten.«

»Ich träume auch von den Ereignissen, die ich wirklich erlebt habe. Aber das sind nicht die schlimmen Träume. Da geht es immer um das Gefühl des Gefangenseins.«

»Haben Sie sich gefangen gefühlt?«

Ich nicke und denke an die vergangenen Jahre. »Nicht unbedingt gefangen eher ohnmächtig. Ich wusste nicht, wie ich aus einer Situation herauskommen sollte, hatte keinen Ausweg.«

»Wann haben Sie sich so gefühlt?«

»Die ganzen letzten Jahre seit ich siebzehn war.«

»Was ist geschehen?«

Ich reibe mir erneut den Nacken und erzähle dann, wie ich Mac kennenlernte, was passiert ist. »Und die ganze Zeit habe ich mir gewünscht, etwas an der Situation ändern zu können, aber ich konnte nicht. Ich konnte mich nicht entlieben, ich konnte nicht dafür sorgen, dass sie sich in mich verliebt, ich konnte meinen Vater nicht aus der Gleichung streichen. Ich war machtlos.«

»Nach all den schlimmen Dingen, die Sie erlebt haben, ist es diese Sache, die Ihnen schlaflose Nächte bereitet. Wieso?«

Ich blicke auf den Boden, zähle die Fugen von einer Wand zur anderen. Zehn. »Ich weiß nicht ... Ich mein, ich hab sie jetzt. Aber vielleicht traue ich dem Happyend nicht?«

»Vertrauen Sie ihr?«

»Ja, oder zumindest dachte ich es. Aber vielleicht vertraue ich ihr nicht, dass sie auf mein Herz aufpasst.« Wann wachsen mir wohl Titten? Ich bin doch ein totaler Waschlappen.

»Nun, Sie beide haben viel zusammen erlebt und in all der Zeit waren Sie nie wirklich ein Liebespaar. Sie hatten gar keine Chance, Sie als Ihre Partnerin kennenzulernen. Daher können sie auch gar nicht wissen, wie sie in einer Beziehung ist.«

»Aber ich habe sie ja in ihrer Beziehung zu Carter gesehen. Ich sehe, wie sie mit anderen Menschen umgeht, wie sie mit unserer Tochter umgeht. Ich weiß, dass sie niemanden vorsätzlich verletzt.«

»Sie hat Sie auch nicht absichtlich verletzt. Ihr Herz mag das glauben, aber niemand kann etwas für seine Gefühle.«

»Ich weiß. Sie wollte mir nicht wehtun, zumindest nicht am Anfang. Der Rest war ... hmmh ... ein Missverständnis, schätze ich.«

»Grollen Sie ihr?«

Ich zucke mit den Schultern. »Ich bin mir nicht sicher. Ja, sie hat Scheiße gebaut, aber ich habe sie dann auch rigoros aus meinem Leben verbannt, ohne ihr eine Chance zu geben.«

»Sie sind nach Afghanistan gegangen.«

»Sie hat gesagt, dass sie sich nicht vergeben hätte, wenn mir etwas passiert wäre.«

Er schaut mich einen Moment an. »Ihnen ist etwas passiert.«

Ich ziehe die Augenbrauen zusammen. »Meinen Sie ...?«

Er setzt die Brille ab und reibt sich die Nase. »Ich kenne sie nicht, aber was Sie mir von ihr erzählen, lässt auf einen empathischen Menschen schließen, der die Tendenz hat, sich selbst für Dinge verantwortlich zu machen, die außerhalb seiner Möglichkeiten liegen.«

Ich schüttel den Kopf. »Nein, Mac glaubt nicht, dass sie daran schuld ist, dass ich nur noch ein Bein habe.«

»Haben Sie sie gefragt?«

»Nein.«

»Vielleicht sollten Sie das tun.«

14
Mac

Ich sitze in meinem Büro, starre aus dem Fenster. Offiziell denke ich über meine Antworten für ein schriftliches Interview nach, inoffiziell frage ich mich, ob Hunter und ich eine echte Chance haben. So viel ist passiert, so viele Gefühle wurden verletzt. Wir haben beide offene Wunden, die noch nicht verheilt sind. Ich will ihn. Ich wollte nie jemanden so sehr, wie ich ihn will. Aber reicht das?

Ist das genug, um ein ganzes Leben darauf aufzubauen? Ich frage mich, wo die negativen Gedanken herkommen. Immer wenn ich bei ihm bin, bin ich glücklich und weiß, dass wir zusammen gehören. Wenn ich dann einsam und allein in meinem Bett liege oder hier in meinem Büro sitze, dann stellen sich die Zweifel ein.

Wie viel kann ein Herz ertragen?

Wie viel kann meines ertragen? Wie viel seins? Werden wir uns immer die Dinge vorwerfen, die geschehen sind, oder können wir sie hinter uns lassen? Wirklich hinter uns lassen, sodass wir sie nicht bei jedem Streit wieder auspacken?

Mein Handy klingelt. Ich schaue auf das Display und ziehe die Stirn kraus. Unbekannte Nummer.

»Hallo?«

»Mackenzie?«

Ich kenne die Stimme, auch wenn ich sie schon lange nicht mehr gehört habe. »Hallo, Carter.«

»Hey, Mackenzie. Wie geht es dir?«

»Du rufst doch nicht an, um Smalltalk zu halten.«

Er schnaubt leise. »Nein, du hast recht. Ich habe versucht, Carey zu erreichen, aber er geht nicht ans Telefon. Wie geht es Hunter?«

»Was weißt du?«

»Dass er einen schweren Unfall hatte.«

Ich streiche mir über die Stirn. Es fällt mir nicht leicht, mit ihm zu sprechen, weil die Ereignisse unseres letzten Treffens noch sehr präsent sind. »Ja. Es geht ihm wieder ganz gut. Er ist in der Reha.«

»In der Reha? Wieso?«

»Er hat ein Bein verloren.«

Stille.

»Carter?«

»Ein Bein?«, flüstert er beinahe.

»Ja, sein linkes Bein. Es wurde bis unters Knie amputiert. Er hat eine Prothese und lernt wieder zu laufen.«

»Fuck.«

»Das ist kein Weltuntergang.«

»Doch, ist es. Mein Sohn ist ein Krüppel.«

»Dein Sohn ist kein Krüppel sondern ein Kriegsheld.«

»Lass die Euphemismen. Er hat nur noch ein Bein. Was ist er sonst, wenn nicht ein Krüppel?«, sagt er voller Bitterkeit. Plötzlich ereilen mich starke Schuldgefühle. Ich hab ihn dazu gebracht. Ich. Wenn ich nicht gewesen wäre, hätte er seine beiden Jungs noch. Hunter wäre vielleicht niemals zu den Marines gegangen. Dass er einsam und bitter ist, ist meine Schuld. Wie konnte ich das tun? Wie konnte ich eine Familie so zerstören?

»Er läuft. Er hat sich mit der Situation arrangiert.«

Er schnaubt wieder. »Wieso hast du eigentlich Kontakt mit ihm?«

»Weil er mir wichtig ist.«

»Ich dachte, er wollte nichts mehr von dir wissen.«

»Ich hatte Argumente, denen er nicht widerstehen konnte.«

»Welcher Art?«

»Seine Tochter.«

Es ist wieder still am anderen Ende der Leitung. »Seine was?«

Wusste Carter nichts davon? Ich dachte, Carey hätte mit ihm gesprochen, hätte ihm gesagt, dass er ein Enkelkind hat. »Sorry, Carter, ich dachte, du wüsstest es.«

»Seine Tochter? Wer ist die Mutter?«

»Ich.«

Erneute Stille. »Habt ihr einen Vaterschaftstest gemacht?«

Das sticht. Dass er mir so wenig vertraut, dass er glaubt, ich würde Hunter ein Kuckuckskind unterjubeln. »Nein.«

»Wenn du glaubst, über diesen Bastard an unser Vermögen zu kommen ...« Und plötzlich sind meine Schuldgefühle wie weggeblasen. Ich verstehe, dass er noch immer sauer ist, aber so spricht niemand über meine Tochter. Ein Mensch, der so über ein zweijähriges Kind reden kann, kann auch nicht so toll sein. Wieso habe ich das früher nie gesehen? Ich meine, ich hatte immer gewusst, dass er eine gewisse Gefühlskälte hat, aber ich hab das am Anfang, wie so vieles andere, einfach verdrängt, weil er so toll war. Und ich so naiv! Gott, ein Mann wie er – gebildet, gutaussehend, kultiviert – hat sich für das kleine Mädchen vom Lande interessiert ...

Wie konnte ich mich nicht in ihn verlieben?

Aber es ist einfach klar, dass ich mich nur in ein Bild verliebt habe und nicht in einen echten Menschen. Und dem konnte er ja auch nicht gerecht werden. Er war von Anfang an zum Scheitern verurteilt. Ich hoffe, dass mir der gleiche Fehler mit Hunter nicht passiert.

»Wie bitte?« Meine Stimme wird lauter. »Lass Hunter bloß nicht hören, wie du seine Tochter nennst.«

»Seine vermeintliche Tochter.«

»Nein, seine Tochter.«

»Wer weiß, mit wem du noch alles gefickt hast!«

Ich lege auf. Das muss ich mir nicht anhören. Ich googel Vaterschaftstests und bestell ein Kit. Sicher ist sicher. Wenn Carter diese Zweifel hat, dann hat Hunter sie vielleicht auch.

»Daddy!«, kräht Hazel, als wir ein paar Tage später zu Hunter fahren.

Er lacht und fängt sie auf. Sie schlingt ihre Ärmchen um seinen Hals und er hält sie eng an sich gedrückt. Einen solch zufriedenen Gesichtsausdruck habe ich noch nie gesehen. Er ist absolut verliebt in seine Tochter. Ich komme langsam näher und bleibe ein paar Schritte entfernt stehen.

Als er die Augen wieder öffnet, strahlt er mich an. Er öffnet einen Arm für mich und ich kuschel mich gegen ihn. Ich hebe meinen Kopf, um ihn anzusehen, und seine Lippen senken sich auf meine. Er küsst mich. Liebevoll, leidenschaftlich. Und ein bisschen besitzergreifend. Alles zusammengerührt zu einer unwiderstehlichen Mischung.

»Hey, Babe«, sage ich leise und sein Griff festigt sich.

»Hey, Baby.«

Ich greife nach oben, streichel seine Wangen. Ich schau zu Hazel, die ihren Dad beinahe ehrfürchtig betrachtet. Wenn er in sie verliebt ist, ergeht es ihr nicht anders. Es ist so schön, sie beide so zusammen zu sehen.

Wir setzen uns in den Garten, Hazel plappert drauf los, während sie um uns herumläuft. Mittlerweile kann Hunter ihr folgen und rennt ihr hinterher. Er fängt sie ab und zu, wirbelt sie durch die Luft, was sie zum kreischen bringt. Sie schreit »Nochma!«, ihr momentan liebstes Wort.

Ich beobachte sie und denke, dass Hunter der geborene Vater ist. Liebevoll, ein bisschen verrückt, voller cooler Ideen. Ich kann es nicht erwarten, die beiden am Strand zu sehen, oder wenn er bei uns auf der Couch liegt und sie auf seinem Bauch. Oder wenn er ihr Eis ableckt, weil alles runtertropft. Oder wie er ihr Fahrradfahren beibringt. Es gibt noch so viel, was die beiden zusammen entdecken können.

Jeder sieht, dass sie seine Tochter ist. Sie ist ihm wie aus dem Gesicht geschnitten und doch nagt es an mir, dass Carter sofort gesagt hat, dass ich eine Goldgräberin sei. Es scheint, als würde sich die Geschichte wiederholen.

Als sich Hunter zu mir setzt, hole ich das Wattestäbchen in der Plastikhülle aus meiner Tasche und lege es vor ihn hin.

»Was soll ich damit?«

Ich schaue auf den Boden, knete meine Finger. »Vaterschaftstest.«

Ich spüre beinahe, wie die Luft zu surren anfängt. Ich schaue auf und sehe, dass er wütend ist. Nein, nicht wütend, fuchsteufelswild.

»Was?«, brüllt er.

Hazel schaut ihn erstaunt an, unterbricht, was immer sie da auch am Boden gesucht hat. Ihre Augen füllen sich mit Tränen und ich strecke meine Hand nach ihr aus. Sie kommt schnell zu mir und vergräbt ihren Kopf an meinem Bein.

Hunter sieht aus, als würde er jemanden umbringen wollen. Als sein Blick auf Hazel fällt, beruhigt er sich schlagartig, kniet sich neben sie und streichelt ihren Kopf.

»Entschuldige, Baby, ich wollte nicht schreien.« Sie dreht ihm ihr Gesicht zu und nickt leicht.

Hunter öffnet fragend seine Arme und sie stürzt sich beinahe hinein. Er setzt sich wieder hin, platziert sie auf seinen Schoß.

»Wie kommst du darauf?«, fragt er leise.

»Ich will nicht, dass du Zweifel hast.«

»Hab ich nicht.«

»Aber ...«

Er legt seine Hand auf meine. »Mac, ich habe keinerlei Zweifel. Den hatte ich nie. Ich vertraue dir. Du lügst nicht.«

Eine Welle der Erleichterung schwemmt durch mich. »Sie ist deine Tochter.«

»Ich weiß, Mac.« Er lächelt. »Wieso bist du auf so eine beschissene Idee gekommen?«

Ich zucke mit den Schultern. »Naja, Carter ...«

Er schnaubt. »Kein Satz kann gut sein, wenn er so anfängt.«

»Er hat mich heute angerufen, nach dir gefragt.«

»Habt ihr noch Kontakt?«, fragt er und sein Kiefer zeigt, dass er bei der falschen Antwort seine Zähne zermalmt.

»Nein, gar nicht. Ich weiß, dass er in New York ist und eine neue Freundin hat, aber mehr auch nicht. Es kam sehr überraschend.«

»Hat Carey Kontakt zu ihm?«

»Keine Ahnung, aber Carter hat gesagt, dass er nicht an sein Telefon geht.«

Hunter nickt. »Was wollte er wissen?«

Ich schaue nach unten. »Wie es dir geht.«

»Was hast du gesagt?«

»Gut.«

»Und weiter?«

»Nichts weiter. Er hat gefragt, wieso wir wieder reden, und ich hab gesagt, ich hätte gute Argumente. Er wollte wissen, was ich damit meine, und ich hab ihm von Hazel erzählt.«

Er ist einen Augenblick still. »Was erzählst du mir nicht?«

»Das ist alles.«

»Mac.«

»Wie war dein Tag?«

Er küsst Hazel auf den Kopf, stellt sie wieder auf ihre Füße. Sie läuft ein paar Schritte und widmet sich wieder dem ... Ist das ein Regenwurm?

Hunter kommt näher. »Wir hatten diese Unterhaltung schon, Mac. Wir hatten vereinbart, dass du mir so was nicht verschweigst und mich das regeln lässt.«

»Kannst du nicht einfach das Wattestäbchen in den Mund stecken und gut ist?«

»Nein. Ich mach keinen Vaterschaftstest.«

»Bitte. Ich will nicht, dass du zweifelst.«

»Mac, lass es. Hazel ist meine Tochter. Das sieht ein Blinder. Und selbst wenn ich nicht ihr biologischer Vater wäre, wäre es jetzt auch schon zu spät. Sie ist meine Tochter. Für immer.«

Als mir eine Träne die Wange runterläuft, wischt er sie weg. »Was hat er gesagt?«

»Du kannst mir nicht so was sagen und dann einfach zur Tagesordnung übergehen.«

Er grinst verwegen. »Spielen deine Eierstöcke verrückt?«

»Ja«, gebe ich zu.

»Sag mir, was er gesagt hat.«

Ich schaue nach unten, Hunter rutscht näher an mich. Sein Oberarm berührt meinen. »Er hat sie einen Bastard und mich eine Goldgräberin genannt«, sage ich so leise, dass ich mir nicht sicher bin, ob er mich gehört hat. Doch dann spannt sich sein ganzer Körper an und er knurrt bedrohlich.

»Gib mir dein Handy, Mac.«

»Wieso?«

»Gib es mir.«

»Du kannst ihn nicht anrufen.«

»Ich kann. Wir haben abgemacht, dass du mich das händeln lässt.«

»Hunter ...«

»Handy, Mac.«

Ich reiche es ihm und hoffe, dass er keinen Blödsinn macht. Aber wie ich ihn kenne, ist die Hoffnung vergebens.

»Wie ist deine Pin?«

»7263.«

Er tippt auf dem Handy rum und hält es sich dann ans Ohr. Ich höre nichts, aber dann fängt Hunter an zu reden.

»Wag es ja nicht, meine Tochter noch einmal als Bastard zu bezeichnen!« Es kommt Gemurmel von der anderen Seite. »Hazel ist meine Tochter. Mein Verhältnis zu ihr geht dich nichts an. Mein Leben geht dich nichts an. Du hast alle deine Rechte verspielt, als du mich aus dem Haus geworfen hast!« An seinem Hals tickt eine Vene und ich sehe, dass er sich zusammenreißt, um Carter nicht anzuschreien.

»Nein, fick dich, Carter! Wag es nicht! Du wirst Mac nie wieder anrufen. Du wirst sie nicht besuchen, nichts. Sie hat mir erzählt, was bei eurem letzten Treffen vorgefallen ist. Und ich sag dir hier und jetzt, dass du kein Teil unseres Lebens mehr bist.« Er schaut in die Ferne, während er zuhört, was Carter zu sagen hat. »Du glaubst, sie will dein Geld? Bist du bescheuert? Wie soll sie an dein Geld kommen, wenn ich den Treuhandfonds abgelehnt habe? Ich hab kein Geld.«

Hunters Blick wird eisig. »Hazel hat nichts mit dir zu tun. Gar nichts. Mac und ich werden dafür sorgen, dass sie ein gutes Leben hat. Du bist in unserem Leben nicht willkommen.« Er kneift die Augen zusammen. »Das ist mir egal! Ich werde keinen Test machen. Niemals. Hazel ist mein. Ende der Diskussion! Nein! Ende! Du hältst dich von uns fern. Keine Anrufe, keine Treffen. Nichts.« Er legt auf und schnaubt bedrohlich.

Ich lehne meinen Kopf an seine Schulter. Er streicht sanft über meinen Kopf. »Du bist auch mein, Mac.«

Ich nicke leicht und küsse ihn auf die Handfläche.

»Ich wollte dich auch noch was fragen, Mac ...«

Seine Stimme klingt unsicher, ein wenig zumindest. Was kann er wollen?

»Ja?«

»Ich weiß nicht, wie ich es langsam und vorsichtig anfangen soll, also sag ich es einfach und hoffe, dass das für dich okay ist.« Ich nicke. »Machst du dir Vorwürfe, dass ich verletzt wurde?«

»Dein Bein?« Dieses Mal nickt er. »Ein bisschen«, gebe ich dann zu.

»Es ist nicht deine Schuld.«

»Aber wenn ich nicht gewesen wäre, hättest du Shane nicht kennengelernt.«

»Es ist nicht deine Schuld.«

»Du wärst vielleicht nie zu den Marines gegangen.«

»Es ist nicht deine Schuld.«

»Und du hättest Force Recon weitergemacht, wärst nicht mit der Infanterie nach Afghanistan gegangen.«

»Es ist nicht deine Schuld.«

»Doch! Siehst du nicht, dass ich eigentlich nur Unheil über dich gebracht habe?«

Er greift an mein Kinn, dirigiert mein Gesicht in Richtung unserer Tochter. »Schau sie dir an, Mac. Ist das Unheil? Ist sie nicht all den Schmerz wert?«

Ich nicke zögernd.

»Und alles andere kann man nicht wissen. Vielleicht wäre ich doch zu den Marines gegangen und hätte dann versagt, weil ich dich nicht gehabt hätte, die mir die Kraft gegeben hat, alles zu überstehen. Vielleicht wäre ich auf einer Aufklärungsmission gewesen und wäre erschossen worden. Vielleicht wäre ich auch hier in San Diego in einen Autounfall geraten. Man kann es nicht wissen. Aber sich Gedanken über hätte, würde, wäre, wenn zu machen, bringt einfach nichts. Du bist nicht Schuld daran.«

»Aber ...«

»Kein aber. Ich bin erwachsen, ich hab meine eigenen Entscheidungen getroffen.«

»Ich weiß, aber ... Ich hätte dich beschützen sollen!«

»Weil ich in deinen Augen noch ein Kind war?«, fragt er mit einem Anflug Bitterkeit.

»Nein, weil ich dich geliebt habe, weil ich dich liebe.«

Er lächelt. »Ich weiß, aber selbst dann sind wir nicht Schuld, wenn etwas passiert.«

Ich grinse ein wenig diabolisch. »Dann warte mal ab, wie du dich bei Hazel fühlen wirst ...«

Er streicht sich über den Nacken. »Fuck! Beschrei das bloß nicht!« Er nimmt meine Hand und verschränkt unsere Finger. »Aber ich weiß, was du meinst. Wir fühlen uns für die Menschen, die wir lieben, verantwortlich. Aber trotzdem darf uns das nicht lähmen. Okay?«

»Okay«, flüstere ich, obwohl ich mir nicht so sicher bin, ob das so einfach funktioniert.

»Mommy! Wurm!«

Hazel kommt zu mir und hält mir den glibberigen Regenwurm hin. »Äh, ja, schön ...«

»Nimm.«

»Nein, danke.«

Hunter grinst und hält die Hand auf, sodass sie den Wurm in seine Hand legen kann. »Er kann auf den Steinen nicht leben. Wir müssen ihn retten und auf die Erde legen. Kannst du das machen?«

Sie nickt ernsthaft und Hunter legt ihr den Wurm wieder in die Hand. Ganz vorsichtig läuft sie zum Blumenbeet und lässt ihn fallen.

»Gut gemacht, Hazel! Du hast sein Leben gerettet!«, sagt Hunter und in seiner Stimme schwimmt so viel Stolz mit, dass mir ein Schauer über den Rücken läuft.

Hazel dreht sich um und strahlt ihn an. Sie hüpft zu ihm, lässt sich küssen und umarmen, bevor sie nachschaut, wie es dem schleimigen Ding geht.

Hunter grinst mich an. »Du hast Angst vor Würmern?«

»Keine Angst«, verteidige ich mich, »aber sie sind ekelig.«

Er lacht und greift nach meiner Hand. »Keine Sorge, Babe, ich beschütze dich.«

»Danke.«

Er zieht mich an sich. Ich spüre, wie er sich umschaut, ob uns niemand beobachtet, bevor er seine Hand in meinen Ausschnitt sinken lässt.

»Ist das die Wurmhand?«, frage ich alarmiert.

»Hab ich abgewischt.«

Meinetwegen ... Obwohl ich doch lieber saubere Hände hätte. Er knetet meinen Busen, reibt über die Nippel. Ich stöhne leise.

»Ich kann es nicht erwarten, dich im Bett zu haben«, murmelt er in mein Haar.

»Gott, ja, Hunter.«

»Nimmst du die Pille?«

Ich schüttel den Kopf.

»Lass sie dir verschreiben.«

Ich nicke und werde mit einem kleinen Kniff in den Nippel belohnt. Ich stöhne erneut.

»Hmmh, mein Mädchen mag es härter«, flüstert er in mein Ohr. »Du magst es, wenn ich dir sage, was du tun sollst.«

Ich nicke wieder.

»Ich wette, wenn meine Hand zwischen deinen Beinen wäre, könnte ich fühlen, wie feucht du bist.«

Zum dritten Mal nicke ich.

»Ich kann nicht erwarten, meinen Schwanz in dich zu stecken. Wenn ich in einer Woche rauskomme, schlafen wir eine Nacht im Hotel.«

»Oh, ja«, stöhne ich, während er immer wieder an meiner Brustwarze zupft und mich zum Zittern bringt.

»Küss mich.«

Ich drehe mein Gesicht zu ihm und spüre schon seine Lippen auf meinen. Seine Zunge drängt in meinen Mund. Seine Liebkosungen werden fester, bestimmender, härter. Ich drücke meine Brust in seine Hand. Ohne meine Lippen zu verlassen, kneift er einmal so feste zu, dass es mich vom Stuhl hebt. Ich schreie auf, aber sein Mund nimmt die Laute auf.

»Ganz ruhig, Baby«, murmelt er zärtlich.

»Das tat weh«, sage ich leise.

»Tat es weh oder warst du nur erschrocken, weil du es nicht gewohnt bist?«

»Beides.«

Er drückt seinen Mund wieder auf meinen und kneift erneut zu. Dieses Mal hält er den Druck ein wenig länger aufrecht. Mein Körper agiert von alleine und kommt ihm entgegen. Es tut weh, zwirbelt, aber es ist auch so gut.

Als er loslässt, wird mir warm und ich spüre die Feuchtigkeit zwischen meinen Beinen. O Gott! Ich bin überschwemmt.

Er küsst sanft meine Wange. »Ich will dich an deine Grenzen bringen, Mac.«

Ich nicke. »Ja, bitte.«

Er flüstert mir ins Ohr: »Ich will dich spanken, Mac. Will meine Hand auf deinen fabelhaften Arsch sausen lassen. Will dich stöhnen hören, um mehr betteln hören.«

Ich erzittere und schmiege mich enger an ihn.

»Ich weiß, du willst das auch.«

»Aber ich ... ich hab Angst.«

Er streichelt meine Wange. »Ich weiß, Baby. Aber unser Sex hat nichts mit deiner Vergangenheit zu tun. Du bist nicht machtlos. Du sagst Stopp und ich stoppe. Ich steh auf Spanking, Bondage und Dominanz, aber du bist meine Partnerin. Ich will, dass es dich anmacht, wenn ich dich hart rannehme, dich mit dem Paddle versohle, deinen Mund benutze, damit du mir Lust schenkst. Es soll dir Spaß machen. Du sollst darum flehen und betteln, dass ich dich härter nehme, dich länger spanke, dich tiefer in den Mund ficke. Ich will, dass du so geil bist, dass du alles für mich tust. Ich will, dass du dich mir so restlos hingibst, dass du es als Geschenk empfindest, wenn ich dir Orgasmen gebe. Du bist mein, Mac. Du gehörst ganz allein mir und ich tue mit dir, was ich will.«

Ich lecke mir die Lippen, schaue in seine Augen, die sich in meine bohren. Ich versuche all meine Lust, mein pures Begehren in den Blick zu legen. »Ja, bitte.«

Er hält meinen Blick noch einen Moment fest. »Ich gebe dir alles, was du brauchst, Baby. Gib mir alles, was ich brauche.«

Ich nicke. Seine Hand fährt an meinen Hals, drückt zaghaft. Mein Atem beschleunigt sich vor Aufregung und er lächelt leicht. »Mein, Baby. Mein.«

»Mommy!«

Er lässt mich los und ich drehe mich zu Hazel. »Ja, Baby?« Meine Stimme ist ein wenig heiser. Ich mein, man bekommt ja nicht jeden Tag so was gesagt ...

»Zwei Wurm.«

Sie hält mir die beiden Würmer hin. »Bring sie auch zur Erde, Haze. Hunter hat gesagt, sie können auf den Steinen nicht leben.«

Sie nickt und bringt die beiden Würmer ebenfalls zu dem anderen.

»Ich glaub, sie hat den einen auseinandergerissen«, meint Hunter hinter mir.

Er setzt sich anders hin, sodass er hinter mir sitzt und seine Arme um mich schlingt. Wir beobachten beide unsere süße Tochter, die mit ihren Rattenschwänzen so süß aussieht, aber ganz offensichtlich eine eiskalte Killerin ist.

»Meinst du?«

»Ich befürchte ja.«

»Das soll sie nicht.«

»Hazel?«, ruft er.

Sie schaut auf. »Daddy?«

»Tu den Würmern nicht weh!«

»Nein.«

»Nicht auseinanderreißen.«

»Nein.«

»Die Würmer können nicht schreien und weinen, aber das heißt nicht, dass es ihnen nicht wehtut.«

»Ja.« Sie sieht ein wenig schuldbewusst aus.

»Sie hat ihn gekillt«, murmelt mir Hunter ins Ohr.

Unsere Tochter, die Killerin.

»Hey, Leute«, höre ich Careys Stimme hinter uns.

»Hey, C.«

»Yo, Bro!«

Er küsst mich auf die Wange und schlägt Hunter auf die Schulter.

»Hey, Hazeline.«

Sie schaut auf und rennt strahlend auf ihn zu. »Ree, Ree!«

Er fängt sie auf und drückt sie an sich. »Na, wie geht es meinem liebsten Mädchen?«

»Gut«, sagt sie und drückt ihm einen erdigen Schmatzer auf die Wange.

»Hat sie ihn auch noch gegessen?«, fragt Hunter belustigt.

»Nein. Hoffe ich.« Ich bin mir da nicht so sicher, ehrlich gesagt.

»Was geht?«, fragt er, als er sich zu uns setzt. »Alles klar bei euch? Isst Hazel Erde?«

»Wir befürchten, es war eher ein Regenwurm, den sie zuvor zerteilt hat«, meint Hunter amüsiert.

»Hmmh. Jedem das Seine.« Carey schaut auf Hazel, die wieder in der Erde kniet. Ich glaub, dieses Kind war in ihrem Leben noch nicht einmal sauber. »Sie ist ein Dreckspatz.«

»Ja, so ist es«, gebe ich zu.

»Besser als so eine kleine Prinzessin«, meint Hunter ein wenig defensiv.

Spielerisch hebt Carey seine Hände. »Oh, entschuldige, Papa Bär, ich hab dein Junges nicht angegriffen.«

Hunter reibt sein Kinn. »Hmmh.«

Carey lacht. »Aber gut zu sehen, dass du sie schon ins Herz geschlossen hast.«

»Das ist untertrieben«, murmelt er in seinen Bart.

Ich tätschel seine Hand. »Schon gut, Babe.«

»Ihr seid doof«, grinst er und küsst meine Wange.

»Und ihr ekelig«, meint Carey.

»Gar nicht wahr«, sage ich und strecke ihm die Zunge raus.

»Wohl wahr«, antwortet er und streckt sie mir auch raus.

»Ihr seid solche Kinder«, lacht Hunter.

Ich zucke mit den Schultern und kuschel mich enger an ihn.

»Hey, Hunt. Das neue *Grand Theft Auto* ist raus. Ich hab das schon mal besorgt, dann können wir nächstes Wochenende zocken.«

»Cool, Mann! Ich komm Freitag raus. Kannst du da auf Hazel aufpassen?«

Carey tippt auf seinem Handy rum. »Klar. Kann ich machen. Was habt ihr vor?«

»Sex«, meint Hunter.

Ich haue auf seinen Arm und gebe empörte Töne von mir.

»Na, endlich!«, meint Carey. »Sie ist zickig, wenn sie nicht kommt.«

»War sie also die letzten drei Jahre zickig?«, fragt Hunter interessiert.

»Nee, sie hat ja Spielzeug.«

»Entschuldige mal!«

»Ist doch wahr. Der eine Vibro ist so laut, dass man ihn durch zwei geschlossene Türen hört.«

Hitze steigt mir in die Wangen. »Wieso hast du mir das nie gesagt?«

»Warum sollte ich? Du hast dich ja auch nie darüber beschwert, wenn eine der Schnallen laut war.«

»Würg. Erinnere mich nicht daran.«

Carey lacht. »Du bist nur neidisch, weil mein Bett mehr Action gesehen hat als deins.«

»Redet ihr immer so miteinander?«, fragt Hunter.

»Ja.«

»Ja.«

Wir lachen und ich werfe einen von Hazels Malstiften nach Carey.

»Haze auch!«

Carey lacht sich halbtot, als ich Hazel sage, dass Mommy einen Fehler gemacht hat und man eigentlich nicht mit Stiften wirft.

Sie schaut mich kritisch an. »Mommy Fehler.«

»Ja, Hazel-Baby. Mommys machen auch Fehler.«

Sie greift nach einem Stift und wirft ihn. »Haze Fehler.«

Hunters ganzer Körper bebt, als er schallend lacht. Carey kippt beinahe von der Bank vor lauter lachen. Hazel schaut sehr zufrieden aus. Und ich? Ich wische mir die Tränen von den Wangen. Dieses Kind. Ehrlich. Comedian.

»Das hast du davon, Mommy«, meint Carey ein paar Minuten später.

»Fak.«

Die Jungs fangen wieder an.

»Woher kennst du das Wort?«, frage ich sie.

»Ree. Daddy.«

Ich grinse sie an.

»Du kleine Verräterin«, ruft Carey und springt auf. Sie läuft kreischend los und Carey tut so, als könne er sie nicht einfangen.

»Sie ist einmalig«, meint Hunter leise.

Ich streichel seinen Arm. »Das ist sie.«

»Du hast einen tollen Job gemacht, Mackenzie Hall.«

»Danke«, sage ich ein wenig schüchtern.

»Nur die Wahrheit.«

»Ich liebe dich.«

Er schlingt seine Arme fester um mich. »Ich liebe dich auch.« Er presst seine Lippen gegen meinen Kopf. »Danke für unsere wunderbare Tochter.«

Ich nicke und lehne mich so eng an ihn, dass kein Blatt zwischen uns passt.

»Lass uns Freitag nach Vegas fliegen.«

Ich setze mich auf. »Was?«

»Lass uns nach Vegas fliegen.«

Ich drehe mich um und schaue ihn sprachlos an. »Wieso?«

»Damit ich dich zu Mackenzie Tilman machen kann.«

»Wirklich?«

»Wirklich.«

Eine kleine Träne läuft über mein Gesicht. »Gott, Hunter.«

»Sag ja, Baby.«

Ich setze mich anders hin und schlinge meine Arme um ihn. »Ja, ja, tausend Mal ja.«

Er zieht mich eng an sich. »Du machst mich so glücklich, Mac.«

15

Hunter

Als sie mich ein paar Tage später wieder besuchen, tragen Mac, Carey und Hazel Engelsflügel. Die anderen Patienten im Zentrum lächeln, als sie das kleine Wunder sehen. Sie ist aber auch ein Goldstück. Zugegeben bin ich vielleicht nicht ganz so neutral. Für mich ist sie einfach das tollste Mädchen, das es gibt. Und ihre Mom folgt nur einen Millimeter danach.

Als sie sieht, wo ich bin, rennt Hazel los, um sich in meine Arme zu stürzen. Sie hat keinerlei Angst vor mir, nicht die geringste. Es würde mich auch töten, wenn es anders wäre. Mein kleines perfektes Mädchen.

»Bist du ein Engel?«, frage ich sie.

Sie nickt. »Daddy auch Engel.«

»Ich hab keine Flügel.«

Sie schaut einen Moment verwirrt, bevor Carey sagt: »Alter, ich hab dir natürlich welche mitgebracht.«

Hazel jubelt, während Carey mir die Dinger reicht. Wie gut, dass ich mittlerweile wieder sicher in meiner Männlichkeit bin. Die Zeit, die Mac vor mir kniete, half definitiv dabei. Hmmh. Ich schüttel den Kopf, um den Gedanken zu vertreiben.

Ich setze Hazel auf einen Stuhl und ziehe die Flügel über. Sie klatscht begeistert in die Hände. »Daddy Engel.«

Mac lächelt. »Was?«, frage ich sie, bevor ich ihre Lippen küsse.

Sie zuckt mit den Schultern. »Ich liebe, dass du deiner Tochter nichts abschlagen kannst.«

Ich grinse. »Ihr ja auch nicht.«

Carey albert mit Hazel rum, zieht an ihren Flügeln, was sie empört. Sie schnaubt wütend. Fuck, ist sie süß!

»Ich weiß. Aber wir sind ja auch beide verrückt.«

»Das stimmt«, sage ich trocken und so, als wäre ich in keinster Weise verrückt.

Sie lacht, bevor sie sagt: »Die Flügel stehen dir, Babe.«

Fuck, jedes Mal, wenn sie das sagt, will mein Herz zerspringen. Ich würde das aber immer abstreiten.

»Nicht so gut wie dir.« Ich spreche tiefer, weil ich weiß, dass sie das verrückt macht. Bin ich ein Arsch, weil mir fast die Eier platzen, da ich weiß, wie geil sie ist?

Und wie auf Kommando stockt ihr Atem. So einfach. Mein Baby ist so einfach zu haben. Für mich natürlich nur.

»Hunt ...«

Sie setzt sich neben mich, greift nach meiner Hand. Ich liebe, dass sie so viel Körperkontakt sucht. Ich liebe, dass sie die Finger nicht von mir lassen kann.

»Daddy?«

»Ja, Babe?«

»Hazel gewonnen.«

»Was hast du gewonnen?«, frage ich, aber das ist mir eigentlich auch egal. Ich bin stolz auf sie, egal, ob sie gewinnt oder verliert. Ich werd immer ihr größter Fan sein.

»Football.«

»Football? Den Super Bowl?«, necke ich sie.

Sie nickt. »Super.«

Carey grinst. »Beinahe, Hazelchen.«

»Ich bin so stolz auf dich«, sage ich und streichel ihr den Kopf. Sie dreht sich ein bisschen weg, freut sich ganz offensichtlich über das Lob, ist aber gleichzeitig auch ein wenig schüchtern. Sie ist echt niedlich.

»Daddy stolz?«, fragt sie dann noch mal nach. Ihre Unterlippe zittert ein wenig.

»Hey, Babe. Ich werde immer stolz auf dich sein. Ich hab dich unglaublich lieb.«

»Daddy auch lieb«, sagt sie und umarmt mein Bein.

Ich bin wirklich erleichtert, dass sie keinerlei Probleme mit der Prothese hat. Ich würde es hassen, wenn sie sie abstoßend fände. Aber für sie ist das keine große Sache. Dad hat eben da Metall. Sie fasst sie auch selbstverständlich an, als würde sie keinen Unterschied sehen.

»Wir haben also eine neue Generation von Footballspielern«, stelle ich fest.

»Zumindest rennt sie dem Ball mit sehr viel Enthusiasmus hinterher.«

Hazel schaut auf. »Gewonnen.«

Er hält ihr die Faust hin, aber sie weiß nicht so genau, was sie tun soll.

»Mach eine Faust«, sage ich. Als sie es tut, umfasse ich ihr Handgelenk und drücke ihre winzige Faust gegen Careys riesige. »So macht man das. Verstanden?«

Sie nickt konzentriert und schaut zu mir. Also halte ich ihr meine Faust hin und sie drückt ihre grinsend gegen meine. Dann gegen Careys. Dann gegen meine. Careys, meine, Careys ...

»Selbst Schuld«, meint Mac lachend.

Aber es ist egal. Da ihr Onkel offenbar ebenso verrückt nach ihr ist wie ihr Dad, kann sie es so lange tun, wie sie will. Aber ihr Durchhaltevermögen ist noch nicht so riesig, stattdessen beginnt sie, nach einer Minute um den Tisch zu rennen.

»Macht sie auch mal Pause?«, frage ich amüsiert.

»Nein«, sagen sie beide wie aus einem Mund.

Ich muss lachen. Sie ist ein kleiner Wirbelwind. Aber lieber so als langweilig.

Die Besuche meiner beiden Mädels und meines Bruders sind die Highlights meiner Tage. Ich weiß nicht, wann ich das letzte Mal so glücklich gewesen bin. Mittlerweile kann ich gar nicht mehr verstehen, wie ich jemals so ein Tief haben konnte, das zu einer solchen Verzweiflungstat führen konnte.

Ich werde so etwas Dummes nie wieder tun. Sie beide, ach, sie alle drei, sind natürlich der Hauptgrund, aber auch die Tatsache, dass ich wieder gehen kann. Dass ich alles wieder alleine kann, dass ich gar nicht auf die Hilfe anderer angewiesen bin, dass ich auch weiterhin gut für mich sorgen kann. Und auch für andere. Ich kann Hazel hinterher rennen, kann sie aufheben, wenn sie fällt, kann mit ihr spielen und toben.

Ich weiß nicht, warum ich dachte, dass mein Leben vorbei wäre. Ich war so dämlich. So richtig dämlich.

Ich würde mir in den Arsch beißen, wenn der Selbstmordversuch geklappt hätte, und ich das Wunder, das meine kleine Tochter ist, nicht erlebt hätte. Das wäre furchtbar gewesen. Ganz furchtbar.

Und die Idee irgendwann noch mehr Kinder mit Mac zu haben, lässt mich nur gute Dinge fühlen. Ich werde es immer bereuen, dass ich nicht da war, um sie mit Hazel schwanger zu sehen, aber vielleicht bekomme ich doch noch eine Chance ... Auch wenn es die entgangenen Erfahrungen natürlich nicht ersetzen kann.

Hazel rennt durch den ganzen Aufenthaltsraum, stoppt bei den Menschen, die sie kennt, hält sich von denen, die sie nicht kennt, fern. Ich habe sie die ganze Zeit im Blick und ich merke, dass es Carey auch so geht. Ich hab meinem Bruder so unendlich viel zu verdanken!

Und dann öffnet sich die Tür. Mein Herz setzt einen Moment aus, als ich sehe, wie sie die gegen den Kopf bekommt und rückwärts auf den Boden fällt. Ich weiß, ich weiß, Mac hat gesagt, sie wartet, bevor sie sie aufhebt, aber ich ... ich kann das nicht und renne los.

Mac ist auch auf den Beinen. Also habe ich mir nicht eingebildet, dass das viel zu viel Schmerz für eine Zweijährige ist. Carey ist nur eine Fußlänge hinter mir, als ich mich neben Hazel auf den Boden werfe. Sie weint. Oh, wie sie weint! Mein Herz schmerzt so unglaublich, weil mein kleiner Engel verletzt ist.

Mac kniet sich neben uns und Hazel streckt ihre Arme nach ihr aus. Sie nimmt sie auf, flüstert ihr süße Dinge ins Ohr. Fuck! Ich kann es nicht ertragen, dass ihr etwas wehtut.

»Es tut mir so leid«, sagt ein Mann, den ich nicht kenne. Er hat die Tür aufgemacht! Ich will ihn töten!

Ich springe auf und will auf ihn losgehen, als Carey mich aufhält. Ich funkel ihn an. Ich glaube, Schaum kommt aus meinem Mund.

»Hunt, er hat das nicht absichtlich gemacht!«

»Das wäre ja auch noch schöner«, knurre ich und fixiere den Pisser.

Dieser hebt die Hände. »Es tut mir wirklich leid. Ich hab das nicht gewollt.«

Es kostet mich viel Kraft, mich zu beruhigen. Sehr viel. Wer mein Baby verletzt, muss mir gegenüber treten. So ein Arsch.

Mac küsst Hazel noch einmal, bevor sie sie mir in den Arm legt. Hazel schlingt ihre kleinen Ärmchen um mich und meine Wut verfliegt. Sie weint zwar noch, aber es geht ihr offenbar nicht schlecht. Der Pisser kann froh sein!

»Mein armes Mädchen«, murmel ich, während ich sie an unseren Tisch zurücktrage. Ich setze mich mit ihr hin und sie setzt sich auf. Ihre Stirn ist rot und ich puste sanft.

»Besser küssen«, sagt sie mit tränenfeuchten Augen. Ich küsse sanft die Stelle und langsam trocknen die Tränchen. Mac sitzt neben uns, schaut mit Argusaugen zu uns, bereit, jederzeit einzugreifen, wenn es erforderlich wird. Aber ich würde nie etwas tun, das sie verletzen würde. Nie.

»Alter«, sagt Carey.

Ich schaue zu ihm und nicke auffordernd.

»Du warst schneller als ich.«

Und da sickert es erst ein. Ich war schneller als er. Meine Prothese hat mich nicht im Stich gelassen, als ich sie unbedingt brauchte. Fuck. Das ist ein gutes Gefühl zu wissen, dass ich jetzt doch ein richtiger, echter Vater für Hazel sein kann. Einer, der sie immer beschützt. Einer, der sie auffängt, wenn sie fällt. Einer, der die coolsten Sachen mit ihr machen kann. Verdammte Scheiße, ja.

Mac legt ihre Hand auf meinen Arm. »Danke.«

Ich verwebe unsere Finger. »Immer.«

Als sie gehen, reicht mir Mac einen Laptop mit der Anweisung, ihre Dateien und die Emails chronologisch zu lesen und anzusehen. Jetzt sitze ich seit zwanzig Minuten hier und bin eine Pussy, weil ich nicht weiß, ob ich diesen Trip überleben kann. Sie beide haben mein Herz in den Händen.

Und dann klicke ich auf die erste Mail. Sofort habe ich einen Kloß im Hals.

Hunter,
wie konntest du gehen? Wie konntest du nach Afghanistan gehen? Hasst du mich so sehr, dass deine einzige Chance war, ans andere Ende der Welt zu gehen? Ans andere, äußerst gefährliche Ende? Ich liebe dich. Ich liebe dich so sehr. Es tut mir so unendlich leid! Ich wähle dich. Immer nur dich. Niemanden sonst.
O Gott! Wieso bist du gegangen? Wie soll ich leben ohne dich? Wie soll ich überleben ohne dich? Wie soll ich leben im Wissen, dass ich dich vielleicht in den Tod getrieben habe?
Mac

Mein armes Mädchen. Ich spüre in jedem ihrer Worte ihre pure Verzweiflung. Mein Herz schmerzt, meine Augen füllen sich mit Tränen. Die ersten Mails sind traurig, sehr traurig, auch wenn sie manchmal liebevoll, manchmal wütend, manchmal verzweifelt sind. Ich kann es beinahe körperlich spüren, wie sehr sie gelitten hat. Was hab ich ihr angetan?

Ich weiß, was sie mir angetan hat, aber was habe ich ihr angetan? Das hat sie nicht verdient. Egal, wie sehr ich sie in dem Moment gehasst habe. Das hatte sie nicht verdient.

Hunter,
ich vermisse dich. Ich vermisse dich so unglaublich. Ich liege Nacht für Nacht wach, denke an dich, verfluche meine Entscheidung dieses Tages. Es tut mir so leid. So unendlich leid. Ich kann gar nicht in Worte fassen, wie sehr ich es bereue, nicht deine Hand genommen zu haben. Verzeih mir. Verzeih mir, dass ich so unglaublich dumm war, und dich so sehr verletzt habe.
Ich liebe dich. Nie habe ich jemanden so sehr geliebt, wie ich dich liebe.
Verzeih mir ...
Mac

Zwischendurch lese ich Mails von Carey, der mir auch oft geschrieben hat. Nicht so häufig wie Mac, die mir beinahe jeden Tag geschrieben hat, aber auch von ihm habe ich zahlreiche Mails.

Bro,
komm nach Hause. Mac braucht dich. Ich brauche dich. Wie kannst du ihr das antun? Sie weint sich Nacht für Nacht in den Schlaf. Isst nicht. Ist weit entfernt von der lebenslustigen Frau, die wir kennen. Sie hat dich gewählt. Wie kannst du nur daran zweifeln? Sie ist dein Gegenstück, Mann. Sie würde immer nur dich wählen.
C.

Es auch noch mal von ihm zu hören, macht mich fertig. So fertig. In meinem eigenem Schmerz habe ich nicht bedacht, dass ich ihr auch Schmerzen zugefügt habe. So viele! Eine kleine Stimme erinnert mich, dass ich dachte, sie wäre glücklich ... Ich wollte nie, dass sie unglücklich ist. Niemals!

Und doch muss ich jetzt sehen, dass ich die Quelle ihrer Qual war. Wie konnte ich das tun? Wie konnte ich nur glauben, dass es ihr gutgeht, während es mir schlechtgeht?

Mir hätte doch klar sein müssen, dass sie leidet, wenn ich leide. Egal, welche Art von Gefühlen sie für mich hatte. Sie hat mir immer und immer bewiesen, dass ich ihr wichtig bin. Damals schon. Vielleicht nicht als Lover, aber auf jeden Fall als Freund. Wieso habe ich also gedacht, dass sie glücklich sein könnte?

Ich streiche mir über die Haare, ziehe an ihnen, weil ich es irgendwie nicht aushalte, dass ich so dumm gewesen bin. Alles, was ich verpasst habe! Gott, das ist so viel ...

Ich quäle mich durch ihre Mails, durch Careys, und fühle, dass mein Herz in tausend Teile zerspringt. Was haben wir uns gegenseitig all die Jahre angetan? Genug, um zehn Menschen zu emotionalen Krüppeln zu machen.

Irgendwann änderten sich dann ihre Mails.

Lieber Hunter,
ich bin sehr traurig, dass du dich weigerst, meine Mails zu lesen. Ich denke, dass du sie nicht liest, weil ich mir nicht vorstellen will, dass mein Hunter sie liest und mich nicht aus meiner Verzweiflung erlöst.
Ich habe einen Schwangerschaftstest gemacht. Er war positiv. Und bevor du fragst, es ist von dir. Ich bin schwanger von dir. Macht dich das glücklich? Mich macht es sehr glücklich. Ich hätte dich gerne bei mir, würde das alles gerne mit dir erleben und hoffe immer noch, dass du den Weg zu mir zurückfindest. Ich liebe dich. Jetzt mehr als jemals zuvor, weil du mir das schönste Geschenk gemacht hast, was man einer Frau machen kann. Ich danke dir. Ich verspreche, dass ich gut auf die kleine Erdnuss aufpassen werde. Bitte, komm zu mir zurück. Komm zu uns zurück.
In Liebe, Mac

Jetzt fängt auch Macs Online-Tagebuch an. Das erste Bild ist ein Foto vom positiven Schwangerschaftstest. Das zweite ein Bild von ihrem flachen Bauch. Dann hat sie einen kurzen Text kopiert, der beschreibt, wie groß das Baby zu diesem Zeitpunkt war. Daher die kleine Erdnuss ...

Wie gut, dass ich alleine bin. Die Tränen laufen mir in Sturzbächen übers Gesicht und es wäre mir schon unangenehm, wenn einer meiner Kameraden mich so sehen würde. Aber ich versuche gar nicht, sie aufzuhalten, denn ich weiß, dass noch viele mehr kommen.

Mac reißt mir mit diesem Schatz das Herz heraus, dreht es durch die Mangel, wirft es auf den Boden, springt darauf herum, reißt es in Fetzen, bevor sie jeden kleinen Fitzel wieder zusammensetzt. Denn das tut sie auch.

Ich weine um das, was sich nie ändern lassen wird, und ich erfreue mich an all den tollen Sachen, die sie für mich festgehalten hat. Hazel direkt nach der Geburt in Macs Armen. Hazel nach einer Woche in den riesigen Händen von Carey. Hazel, wie sie ihr erstes Bad bekommt. Hazel mit Schaumhörnchen. Hazel, wie sie ihre ersten Schritte geht. Hazel, wie sie mit ihrem Essen rummatscht. Hazel, wie sie hinter Carey herrennt. Und dann Carey hinter ihr. Hazel, wie sie einen Controller in der Hand hält und auf dem Ende rumkaut. Hazel am Strand, Hazel im Wasser, Hazel, Hazel, Hazel.

Erst jetzt wird mir bewusst, was für ein unglaubliches Geschenk mir Mac gemacht hat. Es ist tatsächlich so, dass ich beinahe nichts vom Leben meiner Tochter verpasst habe, denn sie hat alles festgehalten.

Wenn ich nicht wüsste, wie sehr sie mich liebt, wüsste ich es in diesem Moment. Sie hat immer gehofft ... So, wie ich jahrelang gehofft habe. Und dann irgendwann aufgegeben habe. Aber sie nicht. Der letzte Eintrag, ein Video, ist von gestern. Hazel hat Erbsenmus um den Mund und diskutiert mit Carey. Ich liebe ihre quietschige Stimme, ich liebe ihr Lachen. Gott, ich liebe alles an ihr.

Wie soll ich das wieder gutmachen? Ich habe keine Ahnung. Ich kann es nicht. Ich kann ihr nur unser Leben lang zeigen, wie sehr ich sie liebe. Wie glücklich sie mich macht.

Hunter,
deine Tochter ... Mehr kann ich dazu nicht sagen. Sie ist perfekt. Ein echtes Goldstück. Ich liebe sie so unglaublich. Wenn du irgendwann deinen Kopf aus dem Arsch ziehst und sie kennenlernst, wirst du sie eben so lieben wie ich. Nur um dich anzupissen, werde ich dafür sorgen, dass sie total verrückt nach Onkel C wird, und du keine Schnitte hast. In your face, bro!
C

Gott sei Dank gibt es auch solche Nachrichten von Carey, die mich aufmuntern, zum Lachen bringen. Fuck, was würde ich ohne den Kleinen nur machen?

Mac, Hazel und Carey sind meine Familie. Sie haben mir gezeigt, was eine richtige Familie ausmacht. Klar denke ich immer noch manchmal an meine Mom, aber sie hat sich entschieden. Sie hat sich gegen uns entschieden. Und Dad?

Ich hab immer zu ihm aufgesehen, hatte Respekt vor ihm, fand, dass er ein guter Vater war. Bis er es plötzlich nicht mehr war. Ich frage mich, wie er vom besten Dad zum schlechtesten werden konnte. Liegt es an mir? Bin ich Schuld?

Jetzt ist alles, was ich für ihn empfinde, Abneigung. Was er Mac angetan hat, wie er über Hazel gesprochen hat, was er auch mit mir gemacht hat ... Ich hoffe, ich werde niemals so. Ich hoffe, dass ich Hazel niemals das Gefühl gebe, dass ich sie nur so lange liebe, wie sie tut, was ich will.

Ich schwöre mir in diesem Moment, dass ich sie immer unterstützen werde. Egal, was. Sie darf ihr eigenes Leben bestimmen. Sie ist die Steuerfrau in der Geschichte ihres Lebens. Nur sie. Ich könnte es nicht ertragen, wenn sie auch nur einen Tag lang annehmen würde, dass sie nicht gut genug für mich ist, dass ich sie nicht liebe, dass ich nicht stolz auf sie bin.

Hunter,

es ist so schwer ... Ich sehe jeden Tag Hazel vor mir, die so viel von dir hat. Sie ist dir wie aus dem Gesicht geschnitten. Carey hat mir Fotos von deiner Mom als Kind gezeigt, und das ist Hazel, ganz eindeutig.
Es ist schwer, sie anzusehen, und zu wissen, dass du nicht da bist.
Dass du nicht da bist, um mit ihr zum Babyschwimmen zu gehen.
Dass du nicht da bist, um ihre Hand zu halten, als sie ihre ersten Schritte tut.
Dass du nicht da bist, um alle Geister zu vertreiben und über ihren Schlaf zu wachen.
Dass du nicht da bist, um sie zu halten, wenn sie traurig ist, mit ihr zu lachen, wenn sie fröhlich ist, mit ihr zu leiden, wenn sie leidet.
Und was wirst du noch alles verpassen? Ich hoffe so sehr, nichts weiter, aber ich habe auch keine Ahnung, wie ich es verhindern soll. Es ist wie ein Zug, bei dem ich sehe, dass er entgleisen wird, aber keine Chance habe, ihn aufzuhalten. Was kann ich tun, Hunt? Was kann ich nur tun?
Ich will nicht, dass du mehr verpasst, weil sie so ein wunderbarer Mensch ist. Du wirst sie ins Herz schließen, wenn du sie siehst. Gott, es ist mir schon beinahe egal, was aus uns wird. Aber es ist mir nicht egal, was aus euch wird. Ich will, dass Hazel ihren Dad hat. Und ich will, dass du deine Tochter hast. Ihr wärt so gut zusammen. So dermaßen gut ...
Es ist wie ein Wunschtraum, von dem man immer hofft, dass er in Erfüllung geht, aber bei dem man mit der Zeit immer hoffnungsloser wird. Bitte verpass die Chance nicht. Sie ist so ein Schatz.. Wenn du mich nicht mehr willst, versteh ich das, aber bitte nimm ihr nicht ihren Vater.
Carey ist toll. Aber er ist nicht du ...
Hunter, bitte, ich flehe dich an, lies irgendeine meiner Mails! Bitte!

Mac

Sie macht es mir echt schwer ... Was ist das für eine Frau? Sie opfert ihr eigenes Glück für das Glück ihrer Tochter. Mir wird klar, dass es nur ein Wort für so jemanden gibt. Mutter.

Ein bisschen wehmütig denke ich an meine eigene zurück. Sie war auch mal so gut. Und dann? Dann hat sie andere Prioritäten gesetzt. Vielleicht sollte ich sie mal anrufen. Vielleicht sollte ich den Kontakt suchen. Immerhin ist sie meine Mom.

Nicht zum ersten Mal frage ich mich, wieso es mir relativ leicht gefallen ist, sie aus meinem Leben zu streichen. Wieso hatte Carey so lange daran zu knabbern, während es mich nicht so sehr belastet hat? Auch schon, aber es gab andere Dinge, die mich mehr im Griff hatten. Mac zum Beispiel.

Wieso wollte ich in all den Therapiestunden nie über meine Mom reden? Immer nur über Mac, Mac, Mac ...

Keine Ahnung.

Hunter,
heute hat Hazel zum ersten Mal Dad gesagt. Sie hat zuerst Mom gesagt – und nicht Carey, wie er gehofft hatte –, aber ich hätte auf diesen kleinen Triumph nur zu gerne verzichtet, wenn ich dafür dich an meiner Seite gehabt hätte.
Ich vermisse dich ...
Immer noch. Jeden Tag, jede Stunde, jede Minute und Sekunde. Ich vermisse dich als meine große Liebe, aber auch als meinen Freund und als Hazels Dad.
Ich weiß nicht, wieso du mir nie zugehört hast. Wieso durfte ich nichts sagen? Wieso hast du meine Mails nicht gelesen? Wieso hasst du mich so?
Ich hätte nie für möglich gehalten, dass Liebe mal in solchen Hass umschlagen kann. Es tut mir so leid, alles so leid. Ich würde alles anders machen ...
Bitte, sei vorsichtig und komm zu uns zurück.
Ich liebe dich. So sehr.

Mit all meiner Liebe, Mac

Ich greife nach dem Telefon, das auf meinem Nachttisch steht. Es ist schon spät. Sie wird nicht mehr wach sein, aber ich will so unbedingt ihre Stimme hören. Macs Stimme.

Es klingelt und es dauert, aber dann kommt ihre verschlafene Stimme: »Hunter? Was ist passiert?«

»Danke, Baby. Danke für dieses unglaubliche Geschenk.«

Ich kann das Lächeln in ihrer Stimme hören. »Unsere Tochter ist fantastisch.«

»Du bist fantastisch, Mac. Du. Gott, es tut mir so leid.«

»Was denn?«

»Dass ich dir nicht noch eine Chance gegeben habe, mir alles zu erklären. Es tut mir so unglaublich leid. Ich bin so ein verfickter Idiot.«

»Wir haben beide Fehler gemacht. Aber die Hauptsache ist doch, dass wir jetzt keine mehr machen werden. Zumindest keine solch katastrophalen. Nur noch kleine Krisen für uns, okay?«

Ich muss bei diesen Worten grinsen. »Okay, nur noch kleine Krisen, keine großen Katastrophen.«

»Danke.«

»Ich liebe dich, Mac.«

»Ich liebe dich auch, Hunt. So unglaublich!«

»Mac ... Meine Mac ...«

Sie seufzt leise. »Ja ...«

»Unsere gemeinsame Geschichte hatte bisher sehr viel mehr Tiefen als Höhen, aber ... fuck, es hat mir so oft das Herz geschmerzt... aber sie hat uns hierher geführt. Und ich kann darüber nicht zu sauer sein.«

»Ich schon!«, sagt sie äußerst betont.

Ich lache leise. »Natürlich hätte ich auch lieber weniger Drama gehabt, aber wenn ich wüsste, dass ich mit dir irgendwann zu diesem Punkt käme, würde ich alles noch einmal so machen.«

»Mit weniger Herzschmerz.«

»Ein bisschen.«

»Und auf jeden Fall mehr singen.«

Das bringt mich erneut zum Lachen. »Kannst du mittlerweile besser singen?«

»Hallo? Das war schon immer meine Superkraft.«

»Dämonen durch scheußlichen Gesang zu verjagen?«

»Nein! Mit meiner wohlklingenden Stimme alle Menschen in meiner Umgebung zu beglücken.«

»Mich beglückst du auch mit deinem Mund, allerdings nicht mit deiner Stimme.«

Sie lacht. »Und wenn ich dabei summe?«

»Hmmh, touché.«

»Ich freu mich so auf dich.«

»Ich freu mich auch so auf dich. Ich liebe dich.«

Sie freut sich, das ist sofort zu hören. »Ich kann es nicht erwarten, deine Frau zu werden.«

Fuck. Mein Mädchen weiß, was sie zu mir sagen muss, damit ich Wachs in ihren Händen bin.

»Ich auch nicht.«

16

HUNTER

Endlich ist es soweit. Ich darf gehen. Gehend. Als ich aus dem Rehazentrum raustrete, steht eine strahlende Mac wartend vor dem Gebäude. Sie trägt ein weißes Kleid, das bis zu den Knien geht, und silberne Sandalen mit einem kleinen Absatz. Aber das Schönste, was sie trägt, ist ihr Lächeln. Meine Mac.

Ich gehe auf sie zu und sie läuft lachend los. Wie in so einem beschissenen Werbespot für Waschmittel. Sie will abstoppen, aber ich gehe die paar Schritte auf sie zu und sie hat keine andere Wahl, als sich in meine Arme fallen zu lassen. Ich wirbel sie einmal herum, bevor ich sie küsse. Meine Braut.

Sie greift nach meiner Hand und bringt mich zu ihrem Auto. Mein Gepäck hieve ich in den Kofferraum, bevor ich losgehe, um ihr die Tür zu öffnen.

Sie reicht mir den Schlüssel und steigt auf der Beifahrerseite ein. Einen Moment bleibe ich perplex stehen. Sie klopft an die Scheibe und schaut mich aufmunternd an.

Ich öffne die Tür weiter.

»Ich hab das recherchiert. Wenn man eine Prothese am linken Bein hat, darf man ohne Probleme fahren. Sonst braucht man eine Sondererlaubnis.«

»Ich ...« Fuck! Sei doch kein Weichei!

Ich schiebe den Sitz zurück und steige in ihr Auto. Ich bin froh, dass es nicht mehr das pinke ist. Ich stelle den Sitz tiefer, justiere die Spiegel und drehe dann den Schlüssel um. Ich fahre aus der Parklücke. Ich fahre. Krass.

Aber das ist offensichtlich wie Fahrradfahren, denn es ist *easy-peasy*. Ich fahre uns zum Flughafen. Mac drückt mein Bein. Jedes Mal, wenn ich zu ihr schaue, lächelt sie. Sie sieht glücklich aus.

»Alles okay, Babe?«, fragt sie irgendwann.

»Yep, alles super.«

Wir parken am Flughafen und checken ein. Ich habe eine lange Hose und geschlossene Schuhe an, obwohl es hier heiß ist. Aber irgendwie bin ich noch nicht bereit, der Welt mein neues Ich zu zeigen. Ich mein, es ist ja auch noch ein hässliche Prothese und keine coole Sportlerfeder. Aber ich bin mir nicht sicher, ob das einen Unterschied machen würde.

Mac greift nach meiner Hand, versichert mir, dass sie da ist. Und das macht mich ruhiger. Wieso bin ich so nervös? Ich kann es nicht erwarten. Sie zu heiraten ... Sie zu vögeln ... Heute Nacht bin ich endlich wieder in ihr. Wenn sie Mrs. Tilman ist.

Wir checken ein und ich frage, wie das mit meiner Prothese ist. Die Mitarbeiterin sagt mir, dass ich das einfach an der Sicherheitsschleuse angeben soll. Das sei kein Problem.

Als wir dort ankommen, spreche ich den Beamten an.

»Irak?«

»Afghanistan.«

Er nickt langsam. »Sie können durch den Scanner laufen, oder wenn sie das nicht möchten, dann können Sie auch durch den alten gehen.«

»Das ist mir egal.«

»Dann bitte hier entlang.« Er weist zum Nacktscanner und ich lasse Mac den Vortritt. Bei ihr piept es nicht, was ich für ein Wunder halte, denn mein Mädchen hat einen Knall.

Als ich eintrete, sagt der Beamte seinen Kollegen, dass ich eine Prothese trage. Sie betrachten das Bild, sehen nichts Auffälliges.

Trotzdem muss ich noch das Hosenbein hochziehen, damit sie das Holzbein sehen können. Was eine Scheiße.

Mac greift wieder nach meiner Hand und wir gehen gemeinsam zu unserem Gate. Ich komme mittlerweile gut zurecht. Ich kann noch keinen Marathon laufen, aber das liegt eher an den schlaffen Muskeln als an der Prothese.

Und dann sitzen wir im Flieger nach Las Vegas. Wir haben eine Suite im Bellagio gebucht. Also, Mac hat das getan, ebenso wie uns eine der zahlreichen Hochzeitskapellen reserviert. Ich bin aufgeregt. Ich heirate meine große Liebe! *Hell, yeah!*

Ich kann es gar nicht erwarten. Macht mich das zur Pussy?

Wir werden von einer Limousine am Flughafen abgeholt und dann als erstes zu einem der offiziellen Ämter gebracht, wo wir unsere Heiratsurkunde bekommen. Mac hat das Ganze schon online ausgefüllt, daher geht es schnell. Wir müssen nur unsere Ausweise zeigen und schon halten wir das Dokument in den Händen.

Dann geht es weiter zur Kapelle. Auch dort geht alles schnell. Wir haben entschieden, dass wir ohne großes Kino heiraten wollen, nur sie und ich. Die Kapelle stellt Trauzeugen. Mac bekommt ein kleines Bouquet und dann erklingt der Hochzeitsmarsch und meine Braut läuft auf mich zu.

Auch wenn ich ihr Kleid schon gesehen habe, ihre Frisur kenne, es ist magisch. Wirklich. Sie läuft strahlend auf mich zu. Ich sehe in ihren Augen Freudentränen. Zumindest hoffe ich, dass es Freudentränen sind.

Ich kann es gar nicht so recht glauben, dass mein Mädchen, meine Mac, meine Frau wird. Endlich. Ich spüre eine Enge in meiner Brust, weil sie die schönste Braut ist, die ich jemals gesehen habe. Nur Hazel wird ihr irgendwann das Wasser reichen können. Einen Moment bin ich traurig, dass Hazel nicht dabei ist.

In dem Moment, in dem ich das denke, geht die Tür erneut auf. Ich traue meinen Augen nicht, als ich dort Carey stehen sehe. Mit Hazel auf dem Arm. Er grinst mich an. Mac muss meine Überraschung gesehen haben, denn sie dreht sich um.

»Mommy!«, ruft Hazel. »Guck, Kleid!« Sie trägt auch ein weißes Kleidchen.

Carey stellt sie auf den Boden und schiebt sie leicht an, damit sie zu Mac läuft. Mac reicht ihr die Hand und gemeinsam laufen meine beiden Mädels auf mich zu. Gott, mein Herz ist so voll, dass es platzen könnte.

Carey nimmt seinen Platz als mein Trauzeuge ein und ich klopfe ihm auf die Schulter. Und dann ist Mac bei mir. Ihre Augen glitzern und ich weiß, meine tun es ihr nach. Sie ist so wunderschön. So unglaublich wunderschön. Ich küsse sie auf die Wange, verflechte unsere Finger. Carey hebt Hazel hoch und legt ihr den Finger auf die Lippen. Sie nickt ernsthaft.

»Wir haben uns heute hier versammelt, um diese Frau und diesen Mann in den heiligen Bund der Ehe zu begleiten.« Es ist nicht Elvis, der das sagt, obwohl ich mir das gewünscht hätte. Wenn schon Hochzeit in Las Vegas, dann richtig, oder?

Ich bekomme, ehrlich gesagt, nicht so viel von dem mit, was er vorträgt. Ich schaue meine atemberaubende Braut an. Ich kann meinen Blick nicht von ihr abwenden. Sie ist so ... so ... perfekt.

»Das Brautpaar hat eigene Schwüre vorbereitet.«

Ich drehe mich zu Mac und sehe auf sie hinab. Sie ist der Wahnsinn. Wer hätte gedacht, dass wir genau hier enden?

»Hunter«, beginnt sie und die erste Träne fließt über ihre Wangen. Ich wische sie weg und sie lächelt. »Als ich dich kennengelernt habe, fand ich, dass du ein arroganter Mistkerl bist, aber Tag für Tag bist du mir mehr ans Herz gewachsen, bis ich mir nicht mehr vorstellen konnte, auch nur einen Moment ohne dich zu verbringen. Und trotzdem hat es noch einige Zeit gedauert, bis wir endlich zu diesem Punkt kamen. Aber ich bin so froh, dass wir heute hier stehen. Mit deinem Bruder und unserem wunderbaren kleinen Mädchen. Ich liebe dich von ganzem Herzen und will den Rest meines Lebens mit dir verbringen. Ich will nie wieder von dir getrennt sein. Du bist die große Liebe meines Lebens und ich danke dir, dass du nie aufgegeben hast. Mich nie aufgegeben hast.«

Meine Augen glitzern ebenfalls, als ich sage: »Meine Mac, du bist die einzige Frau, die ich je geliebt habe, und du wirst immer die einzige sein. Es war ein steiniger Weg, den wir hinter uns gebracht haben, um hierher zu gelangen, aber wenn er uns heute hier an diesen Ort geführt hat, dann kann ich ihn nicht bereuen, so beschwerlich er auch war. Du, mein Leben, hast mir das größte Geschenk gemacht, was eine Frau einem Mann machen kann. Ich liebe unser perfektes Mädchen und ich liebe dich umso mehr, weil sie ein Teil von dir ist. Du bist meine eine wahre Liebe und ich will keinen Tag von dir getrennt sein. Ich liebe dich, Mac. Gestern, heute und morgen.«

Ich wische die Tränen unter ihren Augen fort und küsse ihre feuchten Lippen.

»Willst du, Mackenzie Hall, den hier anwesenden Hunter Tilman zu deinem rechtmäßig angetrauten Ehemann nehmen?«

»Ja.« Ich habe nie ein schöneres Wort gehört.

»Willst du, Hunter Tilman, die hier anwesende Mackenzie Hall zu deiner rechtmäßig angetrauten Ehefrau nehmen?«

Ich schaue ihr in die Augen, als ich sage: »Ja.« Sie erzittert leicht und ich drücke ihre Finger.

»Dann dürft ihr nun die Ringe tauschen.« Ich denke gerade, dass ich doch ein absoluter Volltrottel bin, als Carey mir die Ringe reicht. Ich schaue ihn überrascht an und er grinst nur. Er hat mir drei Ringe gegeben. Ich stecke Mac den schmalen, schlichten Ehering an, bevor ich den Verlobungsring mit dem Diamanten davor stecke. Sie strahlt mich an, als hätte ich an die Ringe gedacht. Dann nimmt sie den letzten Ring und schiebt ihn über meinen Finger. Sie schaut mir dabei die ganze Zeit in die Augen und ich habe noch nie eine Frau gesehen, die glücklicher aussah als meine Braut, zukünftige Frau. Kann sich nur noch um Sekunden handeln.

»Kraft des Amtes, das mir der Staat Nevada verliehen hat, erkläre ich euch beide zu Mann und Frau. Du darfst die Braut nun küssen.«

Und das lass ich mir natürlich nicht zweimal sagen. Vielleicht ist mein Kuss als Hochzeitskuss etwas zu viel, aber es ist mir egal. Scheißegal. Ich küsse meine Frau. Mackenzie Tilman.

Es werden Fotos gemacht, wir unterschreiben und dann stehen meine Frau und ich mit unserer Tochter und meinem Bruder vor der Kapelle und strahlen alle um die Wette. Hazel sitzt auf meinem Arm und ich habe den anderen um Mac, die Careys Hand hält. Meine Familie. Meine drei Menschen.

»Woher hast du es gewusst?«, frage ich Carey.

Er zuckt mit den Schultern. »Mac hat es verraten.«

Ich schaue sie an und sie kaut schuldbewusst auf der Lippe. »Tratschtante.«

»Bist du böse?«

»Quatsch. Ich liebe es, dass unsere Familie komplett war.«

»Fak.«

»Du sagst es, Haze«, grinse ich, während Hazel ihr Köpfchen an mich lehnt.

Eigentlich hatte Mac geplant, dass wir ein romantisches Dinner zu zweit haben würden, aber nun fahren wir zu einem kindgerechteren Restaurant, wo sie rumtoben kann, so viel sie will. Carey und ich wechseln uns damit ab, hinter ihr herzujagen. Sie ist ein kleiner Wildfang. Sie erinnert mich ein wenig an meinen Bruder. Er konnte als Kind auch nicht stillsitzen, war immer unterwegs.

Ich beobachte Mac, die glücklich wirkt. Sie scherzt mit Carey, kümmert sich wie immer rührend um Hazel und wirft mir verliebte Blicke zu, die dafür sorgen, dass ich mir wünsche, dass Carey und Haze verschwinden.

Als sie es endlich tun – ich bin so ein Scheißvater! –, nehmen meine Frau und ich ein Taxi ins Bellagio. Meine Frau. Mein Schwanz wird hart bei der Vorstellung. Ganz ruhig, Junge.

Als wir aus dem Aufzug treten, hebe ich sie hoch und trage sie zu unserer Suite.

»Bin ich nicht zu schwer?«

»Wer auch immer dir irgendwann mal diesen Schwachsinn eingetrichtert hat, den werde ich erschießen.«

Sie lacht leise und zieht die Karte durch. Ich trage sie über die Schwelle, trete die Tür zu und bringe sie augenblicklich ins Schlafzimmer, was sie erneut zum Lachen bringt.

Ich lege sie hin und – weil ich es nicht mehr aushalten kann – lege mich auf sie. Ihre Arme umschlingen mich und ihre Lippen finden meine. Ich küsse sie. Scheiß auf zärtlich! Mein Kuss ist so hungrig, dass sie laut stöhnt.

Meine Finger finden ihren Ausschnitt und sie verfangen sich im Saum. Ich reiße ungeduldig und der Stoff gibt nach. Ich schiebe ihn von ihren Schultern, öffne den BH, reiße ihr das Höschen runter. Sie keucht und stöhnt, hält mich aber in keiner Weise auf.

»Pille?«, murmel ich gegen ihre Lippen.

Sie schüttelt den Kopf. »Implantat.«

Ich schaue sie fragend an.

»Du hast gesagt, die nächsten vier Jahre können wir keine Kinder kriegen, also Implantat.«

Ich lächel leicht. Ich hebe ihren Körper an, befreie sie von all den Stofffetzen, die sie noch umgeben. Ich öffne ihre Beine, mache den Reißverschluss meiner Hose auf, ziehe sie runter, umfasse meinen Schwanz und dringe in sie ein. Sie ist schon so nass, dass es leicht geht.

Sie stöhnt so verfickt laut, dass ich direkt abspritzen will. Kakerlaken. Kotze. Kacke. Es geht doch nichts über eine Alliteration, um sich vom Kommen abzuhalten.

Als ich ganz in ihr bin, verharre ich einen Moment, schaue in ihre Augen, küsse sie lange. Und dann stoße ich kräftig in sie. Sie biegt ihren Körper durch, wölbt sich von der Matratze, schreit leise auf. Ihre Finger vergraben sich in meiner Kleidung. Ihr Kopf ist zurückgeworfen, ihre Augen sind geschlossen. Je heftiger ich sie ficke, desto lauter schreit sie.

»Ja, Mac, komm schon. Schrei meinen Namen«, knurre ich heiser.

»Oh, Hunter, Hunter«, kommt über ihre Lippen.

Ich beuge den Kopf runter, nehme einen Nippel in den Mund und sauge fest an ihm.

»Ja, Hunter, ja!«

Ich stütze meine Ellenbogen neben ihrem Kopf auf, umfasse ihr Gesicht mit den Händen, schaue in ihre Augen, während ich noch härter in sie stoße. Ihre Beine schließen sich um meine Hüften und sie bewegt sich mit mir. Mit jedem treibenden Stoß, bewegt sich ihr Becken vor und zurück, nimmt mich auf, nimmt mich so tief auf, wie es geht. Ich drehe mein Becken bei jeder Bewegung, damit ich über ihre Klit reibe. Sie stöhnt so laut, dass mir das Trommelfell platzen könnte.

»Fuck, Mac! Ich liebe es, dich zu ficken. Mein Schwanz fühlt sich so gut in deiner Pussy an. Du bist für mich gemacht.« Mein Atem kommt abgehackt. »Du bist so perfekt. Und so geil. Du brauchtest es dringend.«

»Ja, Gott, ja! Aber nur von dir!«

»Natürlich nur von mir! Das ist meine Pussy. Du bist mein, Mac! Sag es.«

»Ich bin dein, Hunter, nur dein«, keucht sie, während sie versucht, meinem schneller werdenden Rhythmus standzuhalten.

»Ja, komm, Mac! Nimm, was ich dir gebe! Mach's gut für meinen Schwanz.«

»O Gott, Hunter«, keucht sie.

Jedes Mal, wenn ich ihr versaute Worte sage, krampft ihre Pussy um meinen Schwanz. Sie liebt es. Sie braucht es.

Ich greife an ihre Titten, quetsche sie in meinen Fingern, kneife in ihre Nippel. Sie drückt ihre Brust in meine Hand. »Geile Titten, Mac. So geil. Meine Titten. Sag es.«

»Deine Titten, deine«, murmelt sie.

Ich erhöhe mein Tempo und sie schreit auf. Es ist pure Lust, die aus ihrem Mund strömt. Sie macht mich so geil, so dermaßen an. »Krampf deine Pussy stärker um mich, Mac. Ich will durch deine Muskeln arbeiten.«

Sie tut es, spannt ihre Muskeln an. Sie hält stand, während ich die Zähne zusammenbeiße und in sie hämmere. Ich heb ihr Becken mit einer Hand an, sodass ich einen besseren Winkel habe, und stoße tiefer in sie.

Schweiß breitet sich überall aus. Von meiner Brust tropft er auf ihre und ich sehe zu, wie sich die Flüssigkeit im Tal zwischen ihren Titten sammelt. Ich küsse sie wieder, beiße in ihre Lippen, in ihre Zunge, küsse mich ihren Hals entlang, beiße sanft in die Haut über ihrem Puls. Ihr Ohrläppchen, ihre Kehle, ihre Schlüsselbeine, überall markiere ich sie als mein Eigentum und mit jedem Knutschfleck stöhnt sie mehr und mehr. Ja, sie liebt es, dass ich sie besitze.

»Fuck, Baby, der Spitzname, den ich dir gegeben habe, stimmt auf jeden Fall.«

Sie schaut mich fragend an, bevor ein harter Stoß sie dazu bringt, ihren Kopf in den Nacken zu werfen.

»Du bist eine kleine Fickpuppe.«

Ich warte auf ihre Reaktion, aber als ich sehe, dass sich die Lust in ihrem Blick verdreifacht, weiß ich, dass ich ihr alles sagen kann, während ich sie ficke. Sie liebt es.

»Ja, meine kleine Fickpuppe, die ich so nehme, wie es mir passt. Das willst du, oder?«

»Ja, Hunter, ja! Fick mich, bitte, fick mich.«

Ich ziehe aus ihr raus, drehe sie um, als würde sie nichts wiegen, und ziehe dann ihre Hüften hoch.

»Hände auf den Rücken, Baby.«

Sie tut es und ich halte mit einer Hand ihre Handgelenke zusammen, während die andere dreimal hart auf ihren Arsch klatscht. Sie stöhnt laut und drängt sich gegen mich.

»Du magst es, wenn ich dich versohle«, stelle ich fest und spanke sie, bis ihr Arsch schön pink ist. Ich streiche stolz über mein Werk, bevor meine Hand von hinten zwischen ihre Beine fährt.

»Fuck, du bist so nass, Baby. Du liebst es, wenn ich dich hart rannehme.«

Ich dringe erneut in sie ein. Eine Hand legt sich ihr in den Nacken, drückt sie in die Matratze. Sie stöhnt laut. Gutes Mädchen. Mit der anderen halte ich ihre Handgelenke fest.

»Fick mich, Mac. Fick meinen Schwanz.«

Sie beginnt, sich zu bewegen, während ich vollkommen still bin. Mein Kopf ist im Nacken und ich genieße das Pulsieren ihrer Pussy. Fuck, ja. »Härter, Mac! Fick mich so hart du kannst.«

Sie bewegt sich schneller, was für sie anstrengend ist, weil sie sich nicht mit den Händen abstützen kann. »Komm schon, Mac. Härter. Mach es mir gut.«

Ihre Pussy krampft sich um mich und ich stöhne laut. Ich löse meine Hand von ihrem Nacken und gebe ihr ein paar Klatsche mehr auf diesen göttlichen Arsch, der vor mir wackelt. Und dann gebe ich ihre Hände frei, umfasse ihre Hüften und ziehe sie zu mir, während ich tief in sie stoße.

»O Gott, Hunter! Ja, ja, ja!«, schreit sie, während mir nur noch animalisches Knurren und Grunzen und was weiß ich entfährt.

»Mehr, mehr!«

Ich ficke so hart in sie, wie ich nur kann. Ich habe noch nie jemanden so tief gefickt und ich bin froh, dass es meine Frau ist, mit der ich diese Erfahrung mache.

»Mac, mein! Mein! Du bist mein! Sag es.«

»Oh, Hunter! Oh ja! Dein, dein, dein. Nur dein! Ich liebe dich so sehr!«

Ich löse eine Hand und lasse sie zwischen ihre Beine sinken, reibe ihre Klit, bringe sie an den Rand der Ekstase.

»Ja, bitte! Nicht aufhören«, schreit sie. Ihre Finger krallen sich ins Laken, sie hält sich fest, um mir mehr Widerstand und mehr Reibung zu geben. Fuck! Sie liebt es, wenn ich sie ficke! Ja, verdammt ja!

Ich reibe sie so fest, dass es schon beinahe zu viel ist. Sie kämpft darum, zum Orgasmus zu kommen. Ich will, dass sie kämpfen muss, dass sie weiß, was es für ein Geschenk ist, das ich ihr gebe. Gerne gebe. Jedes einzelne Mal geben werde, wenn ich in ihr bin.

Ich mache es leichter für sie, reibe nur noch ganz sachte und mit einem Stöhnen, das so viel Lust enthält, erreicht sie ihren Höhepunkt und kommt so hart, dass mein Schwanz beinahe zerdrückt wird. Aber der liebt es und zuckt unkontrolliert, als ich in ihr komme.

Fuck!

Ich werfe den Kopf zurück, knurre laut, reiße ihre Hüften an mich, versuche in sie zu krabbeln. Ja, fuck, ja!

Nach einigen Sekunden beuge ich mich vor, falte meinen Körper über ihren, lege sie auf die Seite, löffel sie. Meine Arme schlingen sich um sie, halten sie eng an mich gepresst. Ihre Arme legen sich über meine.

»Wow, Hunter!«, sagt sie irgendwann leise.

Ich grinse in ihre Haare. »So gut?«

»So unglaublich gut! Danke!«

»Es ist meine Aufgabe, dich so zu vögeln, dass dir Hören und Sehen vergeht.«

»Das hast du eindeutig geschafft. Ich liebe dich.« Sie küsst meine Arme, will sich drehen.

»Nicht, Babe. Ich will in dir bleiben.«

Sie nickt und dreht nur den Kopf zu mir, gibt mir ihre Lippen. Ich küsse sie zärtlich, so unglaublich zärtlich, dass man nicht denken könnte, dass ich sie gerade wie ein Rodeopony geritten habe.

Ich streiche zart über ihren Hintern, der so einen schönen Pinkton hat. »Dein Arsch ist zum Spanken gemacht«, murmel ich in ihr Ohr und spüre, wie sie erzittert. »Du liebst es.«

Sie nickt leicht. Ich spüre, dass sie müde wird.

»Schlaf, mein Leben. Ich weck dich nachher für Runde zwei.« Ich küsse sie zärtlich auf die Schulter, während sie in Morpheus Arme entschwebt.

17
Mac

Als ich erwache, liegt Hunter auf dem Bauch neben mir. Seine Hände sind unter seinem Kissen. Ich betrachte ihn. Irgendwann in der Nacht hat er sich auch ausgezogen, ohne mich zu wecken. Mein Körper ist müde, der Sex steckt mir noch in den Knochen.

Ich schiebe das Laken von ihm, sodass ich seinen nackten Hintern betrachten kann. Federleicht streiche ich über seinen Rücken, seinen Hintern, seine Oberschenkel. Und dann küsse ich jedes kleine Fleckchen seiner Haut. Den muskulösen Rücken mit den schönen Tattoos, sein Kreuz. Seinen Hintern. Ich beiße sacht hinein. Er zuckt ein bisschen. Ich küsse seine Beine hinab. Ich schiebe das Laken zur Seite und sehe, dass er auch seine Prothese abgenommen hat. Zum ersten Mal sehe ich den Stumpf. Ich streichel drüber und er versteift sich.

Ich beuge mich vor, lasse meine Lippen über ihn fahren. Er ist in keiner Weise abstoßend. Ungewohnt, weil das Gehirn eigentlich einen Unterschenkel erwartet. Ich küsse ihn ausgiebig und er entspannt sich wieder. Wenn ich es nicht schon geahnt hätte, würde mir seine Reaktion zeigen, dass er Angst hat, dass ich ihn nicht sexy finden würde.

Ich küsse mich das andere Bein hinauf, beiße ihm erneut in den Knackarsch. Er schmunzelt. Ich lege mich auf ihn, streiche seine

Arme entlang. Meine Finger finden seine, verweben sich mit ihnen. Ich lege meine Wange an seine Schulter und schließe die Augen. Ich atme ihn ein. Seinen Geruch, ein bisschen Moschus von unseren gestrigen Aktivitäten, viel Hunter.

»Morgen, Baby«, murmelt er verschlafen.

»Hmmh«, mache ich und bewege mich keinen Zentimeter.

»Hast du gut geschlafen?«

»Hmmh.«

»Bist du wund?«

»Hmmh.«

»Redest du nicht mehr mit mir?«

Ich grinse und küsse seine Schulter. Seine Finger streicheln meine und ich könnte ewig auf meinem sexy Ehemann liegen. Mein Ehemann.

Ich spüre, dass das hier für immer ist. In fünfzig Jahren wird er immer noch heiß sein und ich verschrumpelt, aber er wird meine Hand halten, mir die Türen öffnen, mich weiterhin mit diesem verwegenen Lächeln bedenken. Er wird immer noch mein Herz in Händen halten. Vielleicht macht mich diese Idee trunken vor Glück, denn ich sage: »Ich will ein Tattoo.«

»Was für eins?«

»Ich will, dass du auch eins hast.«

»Ich hab schon welche.«

»Ich mein, das Gleiche.«

»Partnertattoos?«

»Genau.«

»Was willst du haben?«

»*His*.«

Er versteift sich leicht, als hätte er nicht richtig gehört. »*His*?«

»Und du bekommst *hers*.«

Er dreht sich und ich komme auf dem Rücken zum Liegen. »Und wo bekommst du es?«

»Das darfst du aussuchen.«

»Und wo bekomme ich es?«

Ich lege meine Hand auf sein Herz. »Hier ist ja schon besetzt.« Ich blicke auf meinen Namen auf seiner Brust. Ich schiebe meine Hand seinen Bauch hinunter und lasse sie auf seiner Lende liegen. Ich grinse ihn an und er lacht.

Er legt seine Hand bei mir an die gleiche Stelle. »Dann kommt meins auch dahin.«

Ich nicke und beiße mir auf die Lippen.

»Ich wollte sowieso bald einen neuen Termin machen.«

»Was bekommst du?«

»Ich will Hazel bei mir tragen.«

Ich lächel leicht. »Das ist schön.«

Er zeigt mir die Stelle an seinem Oberarm, die noch frei ist. »Hier. Ihr Name und das Datum des Tages, an dem ich sie zum ersten Mal getroffen habe.«

Ich streichel sein Gesicht. »Ich liebe dich.«

Er küsst meine Lippen. »Baby, die Sachen, die ich dir gestern gesagt habe ...«

Ich lege meinen Finger auf seine Lippen. »Die waren so heiß.«

Er schaut mich skeptisch an. »Bist du sicher, dass es nicht zu viel war?«

»Ganz sicher.«

Er schaut mich unsicher an. »Vielleicht ist wilder Sex doch keine so gute Idee.«

»Wieso nicht?«

»Naja, wegen deiner Geschichte ...«

»Hunter, würdest du je etwas tun, was ich nicht will?«

»Auf keinen Fall!«

»Und warst du letzte Nacht jederzeit in voller Kontrolle?«

»Immer.«

»Hätte ich also *Stopp* gesagt, hättest du was gemacht?«

»Aufgehört.«

Ich streichel wieder über seine Wangen. »Ich bin vollkommen sicher bei dir.«

Er lächelt leicht. »Immer, Baby.«

»Ich sag dir jetzt was, was dein Ego aufblasen wird.«

Er grinst. »Okay.«

»Bisher hat jedes bisschen Druck meine Vergangenheit getriggert. Jedes Mal, wenn ein Mann zu dominant war, habe ich es gespürt. Nur bei dir nicht. Weil ich dir vertraue. Mehr als jeder anderen Person. Mit Ausnahme von Carey vielleicht. Ihm vertraue ich auch.«

»Ich bin so froh, dass du ihn hattest.«

»Ich auch.«

»Aber von jetzt an sehe nur noch ich deine Pussy«, scherzt er und küsst mich.

Er setzt sich auf und angelt nach seiner Prothese. »Ich geh duschen, Baby, und dann lassen wir Frühstück kommen, okay?«

Ich nicke und rekel mich im Bett. Er starrt auf meinen Busen, bevor er kopfschüttelnd, nackt, wie er geschaffen wurde, ins angrenzende Bad marschiert.

Ich höre das Wasser angehen und beiße mir auf die Lippen.

Ich springe aus dem Bett und eile zu ihm. Ich öffne die Tür.

»Das hat lange gedauert«, sagt er, obwohl er mit dem Rücken zu mir steht.

Ich trete hinein und umarme ihn. Sachte beiße ich in seine Schulter. In Windeseile hat er mich mit dem Gesicht zur Wand gedreht. Er spreizt meine Beine, zieht meinen Hintern zu sich, sodass ich den Rücken wölben muss.

Er umfasst seinen Penis, ich spüre die Spitze an meinem Eingang. Er fasst um mich, reibt langsam meine Klit, bis ich mir auf die Lippen beißen muss, um nicht erneut das ganze Hotel zusammenzuschreien. Er dringt in mich ein. Tief. Langsam. Ich spüre jeden einzelnen Zentimeter in mich gleiten. Ich keuche auf, lege den Kopf in den Nacken.

»Oh ja, Hunter.«

Seine Hände kneten meinen Busen. Seine Lippen streifen über meinen Hals. Sein Atem ist heiß auf meiner Haut. Meine Hände pressen sich gegen die nassen Fliesen der Dusche. Ich bin so erregt, dass ich es kaum aushalte. Ich beiße mir auf die Wangeninnentasche, um mich abzulenken. Ein leises Stöhnen rollt über meine Lippen.

»Du fühlst dich so gut an«, knurrt er leise. Seine Stimme ist tief und rau, voller Leidenschaft und aufgestauter Emotionen.

Sein Schwanz ist tief in mir vergraben und mit jedem Stoß dringt er noch weiter in mich. Er trifft Stellen in mir, die niemand zuvor berührt hat.

Unsere Körper, die gegeneinander klatschen, das Stöhnen, das über unsere Lippen kommt, das Wasser, das sanft auf uns prasselt, sind die einzigen Geräusche in unserer kleinen Welt.

Eine Hand verlässt meine Brust und schiebt sich zwischen meine Beine. Seine Finger umspielen meine Klit gekonnt. Ich stöhne seinen Namen, spüre, wie er härter wird. Seine Zähne senken sich in meine Schulter, ein animalischer Laut kommt tief aus seiner Brust.

»Fuck, Mac!«

Seine Finger wandern noch etwas tiefer und ich spüre sie an der Stelle, an der wir verbunden sind. Langsam schieben sie sich in mich. Ich ziehe die Luft hart ein, als er beginnt, mit Finger und Schwanz gleichzeitig in mich zu stoßen. Seine andere Hand wandert nach oben, legt sich um meinen Hals, zwingt mich, meinen Kopf wieder in den Nacken zu legen, meinen Rücken noch stärker durchzudrücken.

Ich kann in seine Augen sehen, die Lust erkennen, den Wunsch, mich zu besitzen, zu markieren, mich für jeden anderen Mann zu ruinieren.

Plötzlich zieht er aus mir heraus. Mein Körper schreit nach ihm, mein Becken drängt sich gegen ihn, sucht nach der Verbindung.

Ich höre ihn leise lachen, bevor er seine Hände in meine langen, braunen Haare wickelt. Er reißt meinen Kopf herum. Bevor ich noch aufschreien kann, sind seine Lippen auf meinen und nehmen mich in einem heißen Kuss gefangen. Seine andere Hand liegt an meinem Hals, seine Zunge taucht tief in mich ein.

Ich stöhne leise und gierig nimmt er jeden Ton auf. Als er sich von mir löst, umspielt ein süßes Lächeln seinen Mund. Er küsst mich noch einmal zärtlich, ehe ein schmutziges Grinsen auf seinem

Gesicht erscheint. Ohne meinen Blick auch nur eine Sekunde loszulassen, dirigiert er mich auf die Knie.

Ich schaue zu ihm auf. Er ist so anders als alle Männer, die ich vor ihm hatte. Und doch weiß ich, er ist es, für den ich gemacht bin. Ich lecke meine Lippen, bevor ich meinen Mund weit öffne und er mit einem archaischen Laut seinen Schwanz tief in meinen Mund stößt. Ich spüre seine Eichel in meinem Rachen, spüre die Enge, die sich in meiner Kehle bildet.

Kleine Tränchen bilden sich in meinen Augenwinkeln, als ich darum kämpfe, nicht zu würgen. Er gibt mir einen Moment, wischt zärtlich meine Wangen mit seinen Daumen ab.

Mein Blick sucht seinen und mir wird ganz heiß, als ich die Liebe sehe, mit der er mich ansieht. Dann werden seine soften, warmen Schokoaugen hart. Im selben Moment schließen sich seine Hände um meinen Kopf und er stößt tief in meinen Mund. Sein Stöhnen ist laut und kommt tief aus seiner Brust.

»Fuck, das ist so gut«, knurrt er.

Ich schaue zu ihm auf, sehe, dass sein Kopf im Nacken liegt, seine Augen geschlossen sind, er jede Sekunde genießt.

Und ich auch.

Er ist das entscheidende Puzzleteil, um mich ganz zu machen. Ich fühle mich geborgen, beschützt, geliebt, heil und so unglaublich frei. Frei von meiner Vergangenheit, frei von allem, was mich jahrelang zurückgehalten hat. Nie war ich so sehr ich selbst wie in diesem Moment. Nach Jahren des Suchens habe ich ihn endlich gefunden. Den einen Menschen, den ich wie verrückt liebe.

Mit einem letzten Stoß kommt er, füllt meinen Mund mit seinem Sperma.

»Schön schlucken, Baby«, murmelt er, während seine Hände mein Gesicht liebkosen. Meine Kehle arbeitet, und als ich seinem Befehl nachgekommen bin, gibt er mir einen zärtlichen Kuss auf die Stirn, bevor er mir hochhilft und mich in seine Arme nimmt. Ich vergrabe meinen Kopf an seiner Brust und fühle mich sicher, geborgen und angenommen. Ich bin zu Hause. Endlich bin ich zu Hause.

Er hebt mich hoch, steigt mit mir aus der Dusche, legt mich, nass wie ich bin, aufs Bett und platziert sich zwischen meinen Beinen. Seine Zunge, seine Lippen, seine Finger vereinen sich, um mich in den Olymp zu schießen. Immer und immer wieder.

Wir frühstücken im Bett und ich muss keinen Handschlag tun. Ehrlich, könnte ich auch gar nicht. Er hat sich um den Zimmerservice gekümmert, das Essen auf die Matratze verlagert, meinen Kaffee mit Milch und Zucker verfeinert. Er schmiert mir mein Brötchen und füttert mich mit Obstsalat.

»Hmmh, vielleicht gewöhne ich mich daran«, meine ich und lächel.

»Ist okay, Baby«, sagt er lachend, bevor er mich küsst.

»Trägst du mich nach Hause?«, necke ich ihn.

»Wenn es sein muss.«

Ich kuschel mich gegen seine Schulter. »Ich bin glücklich.«

»Ich auch, Mrs. Tilman.«

Ich lache leise. »Magst du das, Mr. Tilman?«

»Aber so was von.« Er lacht und legt seinen Arm um mich.

»Ich kann es nicht erwarten, bis wir zu Hause sind. Ich hoffe, du magst es.«

»Du bist da. Hazel ist da. Carey ist da.«

»Aber es hat pinke Wände.«

Er grinst und küsst mich auf die Stirn. »Nur in Hazels Zimmer, nehme ich an.«

»Es ist nicht groß.«

Er zuckt mit den Schultern. »Solange dein Bett groß genug ist.«

»Unser Bett.«

»Unser Bett.«

Ich streichel seine Wange. »Du bist so sexy.«

»Ich weiß. Aber hast du meine Frau gesehen?«

Ich muss lachen und stupse ihn in die Seite. »Ist sie auch sexy?«

»Yep, und vor allem hat sie diese dicken Dinger ...« Er zeigt Brüste vor sich an, was mich wieder lachen lässt.

»Kindskopf.«

Wir hängen beide unseren Gedanken nach.

»Wie ist Hazels Betreuung geregelt?«, fragt er nach einer Weile.

»Wir haben eine Nanny, die auf sie aufpasst, wenn wir beide gleichzeitig arbeiten müssen. Carey ist ja im Schichtdienst. Vierundzwanzig Stunden Dienst, achtundvierzig frei. Wenn er frei hat, kümmert er sich um Hazel, sonst die Nanny.«

»Wär es okay, wenn ich mich in der nächsten Zeit um sie kümmere?«, fragt er und klingt ein wenig unsicher.

»Natürlich! Du bist ihr Dad! Du brauchst meine Zustimmung nicht.«

Er fasst nach meiner Hand und zieht sie an seinen Mund. Seine Lippen berühren mich sacht. »Doch, brauch ich. Ich will nichts falsch machen, mich nicht in euer Leben einmischen.«

»Das sollst du aber. Du bist ein Teil unseres Lebens. Bisher habe ich alles allein entschieden, aber jetzt bist du da. Du hast ebenso viel Mitspracherecht wie ich.« Ich schaue ihn an, will, dass er meine Worte in sich aufnimmt, sie verinnerlicht.

Er überlegt, bevor er sagt: »Lass es uns langsam angehen, okay? Ich mein, ich bin erst seit ein paar Wochen Vater. Du musst am Anfang noch das Ruder in der Hand halten, bevor wir das Schiff irgendwann gemeinsam lenken, okay?«

Ich nicke. »Okay, wenn du das willst.«

»Ich will nichts falsch machen.«

»Wirst du nicht. Hunter, wirklich. Ich hatte auch so viel Angst. Angst, dass ich sie fallen lassen könnte. Angst, dass ich vielleicht zu grob bin. Angst, dass sie ein Trauma erleidet, wenn ich sie nachts in ihr Bettchen lege, statt sie mit in mein Bett zu nehmen. Oder umgekehrt.«

»Wo schläft sie?«

»Erst in ihrem Bett, und wenn sie weinend aufwacht, hole ich sie zu mir.«

Er lächelt. »Ich mag die Idee, dass wir gemeinsam in einem Bett schlafen.«

»Sie wird irgendwann von alleine in ihrem Bett bleiben. Ich weiß nicht, wie andere Eltern das machen, aber ich kann sie nicht weinen lassen.«

Er streichelt meine Wange. »Dann ist das so auch genau richtig für unsere Tochter.«

Wir holen Carey und Hazel ab und gemeinsam fliegen wir nach Hause. Hazel ist absolut vernarrt in Hunter. Es ist so süß, dass sie ihn beinahe ehrfürchtig anschaut und *Daddy* immer mit einem süßen Klang versieht, als würde sie noch testen, wie das so ist. Aber ihr Blick sagt immer, dass sie unglaublich stolz ist, dass sie jetzt einen Dad hat.

Und dann kommt der Augenblick. Der Augenblick, als Hunter zum ersten Mal unsere Wohnung betritt. Was wird er sagen? Fühlt er sich wohl? Oder nicht? Aber er hat gar keine Zeit, sich umzusehen, weil Hazel sofort ruft: »Daddy, komm!«

Sie marschiert in ihr Zimmer und ihr Dad, der mindestens genauso vernarrt in sie ist, folgt ihr. Das ist wirklich ein Bild für die Götter. Das kleine Mädchen und der riesige Mann.

Ich schau Carey an und er grinst ebenso über das ganze Gesicht. Er legt mir den Arm um die Schulter. »Endlich sind wir wieder zusammen.«

»Endlich.« Ich lehne mich gegen ihn. »Ich koch was und du zeigst Hunter, wie man die Kröte bettfertig macht.«

»Okay. Ich wette hundert Dollar, dass Hunt zehn Kapitel vorliest, weil er nicht nein sagen kann.« Er hält mir die Hand hin.

Ich schlag ein. »Ich sag zwölf.«

Er lacht und macht sich auf den Weg ins Kinderzimmer. Ich höre Gelächter und Krach und denke, dass das ja ganz gut läuft.

Ich koche Lasagne, weil ich weiß, dass Hunter sie mag. Hazel isst abends jetzt wieder Brei. Sie könnte auch schon was anderes essen, aber sie hat plötzlich entschieden, dass sie wieder Brei essen will. Wer bin ich denn, meine Tochter davon abzuhalten, faden Pamp zu essen?

Als das Essen im Ofen ist, gehe ich zum Bad und lehne mich gegen den Türrahmen. Carey und Hunter knien neben der Badewanne, während Hazel schwimmt. Naja, nicht richtig. Eigentlich sorgt sie nur dafür, dass alles Wasser auf den Boden schwappt. Aber sie ist so stolz auf sich.

Als sie mich sieht, kreischt sie: »Mommy, schwimmen!«

»Ich seh schon, Baby. Das machst du ganz hervorragend. Gleich sind Hunter und Carey auch ganz nass.«

Sie grinst und wirft sich in die Fluten.

»Kontrollierst du uns, Mama Bär?«, scherzt Carey und spritzt mich nass.

Hazels Augen funkeln und sie platscht so lange, bis wir die Küstenwache rufen müssen, um uns zu retten.

»Carey«, zische ich, aber er lacht nur. Jungs. Nur Unsinn im Kopf.

Hunter wäscht Hazel die Haare und macht ihr Hörnchen. Carey holt den Spiegel, damit sie es sehen kann. Sie lacht und patscht auf ihrem Kopf rum, bevor sie anfängt zu weinen, weil ihr Shampoo in die Augen gelaufen ist. Carey rettet sie mit einem Waschlappen, den sie sich beim Ausspülen auch vor die Augen hält. Hunter schaut ein wenig zerknirscht.

Weichei.

Ich schleppe Hunters Gepäck in mein Zimmer und beginne auszupacken. Wie gut, dass ich schon Platz im Schrank geschaffen habe!

Ein leckerer Duft verteilt sich durch die Wohnung und ich eile in die Küche. Es blubbert im Ofen. Lecker. Ich decke den Tisch. Als ich die Lasagne auf den Tisch stelle, kommen sie, als hätte ich den Gong geschlagen.

Hunter setzt Hazel in ihren Stuhl. Ich reiche ihm ihren Teller. »Sie isst alleine. Stell ihr den Teller einfach hin.«

»Okay.« Er reicht ihr den Löffel und schaut dann noch einmal nach, ob sie auch richtig sitzt, und der Stuhl auch nicht wackelt. Dafür gibt es nur ein Wort: Dad.

Es ist schön, meine beiden Jungs wieder bei mir zu haben. Meine Familie. Es ist so ... normal. Hunter bringt Hazel ins Bett und liest zwei ganze Bücher vor. Carey und ich liegen auf der Couch, keiner willens, ihn zu retten.

Als er endlich dazu kommt, setzt er sich so, dass ich in seinen Armen liege. »Wie viele Kapitel sind eigentlich normal?«

»Eins«, sage ich, während Carey antwortet: »Drei.«

Ich lache und stupse ihn mit dem Fuß an. »Sie wickelt dich auch um den Finger.«

Er grinst. »Aber ich bin der Onkel. Ich darf sie verwöhnen.«

Hunter lacht. »Okay, dann sage ich ihr das morgen Abend.«

»Mac hat mir gerade gesagt, dass du den Babysitter spielst«, sagt Carey. »Ich hab morgen Dienst, aber dann Montag und Dienstag frei. Falls du noch ein bisschen mit Stützrädern fahren willst.«

»Danke, Mann. Ich will ja nichts kaputtmachen.«

»Kannst du nicht«, sagt Carey. »Ich hab am Anfang auch gedacht, dass sie aus Zucker ist, aber sie ist hart im Nehmen. Und mittlerweile sagt sie auch, wenn ihr was nicht passt. Und darüber hinaus sagst du eh zu nichts nein. Ihr werdet euch blendend verstehen.« Er grinst seinen Bruder an.

Hunter reibt sich den Nacken. »Hmmh.«

»Softie«, sage ich und verflechte unsere Finger.

»Schuldig.«

Carey drückt auf der Fernbedienung rum und wirft Hunter dann einen Controller zu. »Spielen wir eine Runde?«

Hunter nickt und ich rutsche ein Stück runter, sodass mein Kopf auf seinem Schoß liegt. Es ist cool, ihnen zuzusehen, wie sie Dinge machen, die junge Männer eben so machen. Und ich mag es, dass sie beide bei mir sind.

Ich wache auf, als mich Hunter in mein Bett legt. Er zieht mich aus und sich, bevor er sich von hinten an mich kuschelt.

»Nacht, Baby.«

Ein paar Stunden später weint es aus dem Babyphon und ich ziehe mir Höschen und Shirt an, um Hazel zu holen. Sie streckt mir tränenüberströmt ihre Ärmchen entgegen und ist so erleichtert, als ich sie an mich drücke. Mein Herzchen.

Ich gehe zurück ins Schlafzimmer, lege sie zwischen uns.

Mit wässriger Stimme flüstert sie: »Hi Daddy.«

Hunter küsst sie auf die Stirn. Sie kuschelt sich eng an ihn, bevor sie die müden Äuglein schließt und wieder einschläft. Hunter fasst nach meiner Hand, zieht sie an seine Lippen. »Danke, Baby.«

Ich nicke. Ich denke an mein Tattoo. *Free at last.* Und endlich, endlich stimmt es.

Epilog

HUNTER

Ich stehe in meiner Galauniform in einem Raum, vor mir steht mein Vorgesetzter und heftet mir den *Silver Star* für besonderen Heldenmut an die Brust. Ich habe keine Ahnung, wieso ich diesen bekomme. Das *Purple Heart*, das mir ebenfalls verliehen wurde, ist mir klar, immerhin wurde ich verwundet. Aber wieso eine Tapferkeitsmedaille? Ich habe nichts weiter als meinen Job gemacht. Dafür bin ich ausgebildet worden. Ich habe mich nicht besonders hervorgetan. Ich bin eben ein Marine. Da macht man eben den Job. Punkt. Man erwartet keine Auszeichnungen. Niemand von uns zieht in den Krieg, um blöde Medaillen zu bekommen.

Ich schaue zu Mac, die mit Hazel und Carey an der Wand steht und mich anstrahlt. Das ist eine viel bessere Medaille. Meine Frau und meine Tochter. Mein Bruder. Meine Familie. Das sind die einzigen Auszeichnungen, die ich brauche. Dass sie mich lieben, mich für einen guten Menschen halten.

»Vielen Dank für Ihren Dienst, Sergeant Tilman.« Er reicht mir die Hand, die ich ergreife, bevor wir beide salutieren.

Dann ist der steife Teil vorbei und mein Vorgesetzter klopft mir väterlich auf die Schulter. »Ich habe gehört, dass Sie ins J.A.G. Corps eintreten wollen. Wir brauchen Anwälte, die Kampferfahrung haben. Wir sind sehr froh, dass Sie uns erhalten bleiben, Sergeant.«

Ich nicke, murmel irgendwelche Höflichkeiten und er lächelt freundlich, bevor er sich verabschiedet.

Ich schlendere zu meiner Familie.

»Hey, Soldat«, sagt Mac lächelnd. Ihre Augen zeigen mir, wie stolz sie auf mich ist.

»Marine«, gebe ich zurück, bevor ich sie küsse. Ich nehme Hazel auf den Arm und ihre Hand. Gemeinsam verlassen wir das Gebäude und steigen ins Auto. Ich fahre uns in Hazels liebsten Park.

Es ist schon erstaunlich, was so eine Galauniform ausmacht. Die Leute schauen einen ganz anders an. Die Frauen ziehen einen mit Blicken aus und die Männer zollen einem Respekt. Oder vielleicht ziehen sie auch Mac in Gedanken aus. Kann ich verstehen. Ich tu's beinahe stündlich.

Es ist nicht so einfach, sich an das normale Leben wieder zu gewöhnen, aber es fällt mir dieses Mal deutlich leichter, als nach der ersten Tour, weil ich sie habe. Meine drei Menschen. Manchmal frage ich mich immer noch, wie ich ein solcher Idiot sein konnte. Wie konnte ich sie nur so lange aus meinem Leben verbannen?

Ich drücke Macs Hand und sie sieht zu mir auf. Sie lächelt. Nein, sie strahlt. Sie ist glücklich.

Hazel zieht mir meine Schirmmütze vom Kopf und lässt sie fallen. Mac bückt sich danach und hält sie fest. Gut, dass wir so weit weg vom Stützpunkt sind, so sieht niemand, wie wenig respektvoll ich damit umgehe. Oder Hazel. Also im Grunde doch wieder ich.

Mac breitet eine Picknickdecke aus. Hazel und Carey gehen rutschen.

»Steht sie mir?«, fragt Mac und ich drehe mich zu ihr. Sie trägt meine Schirmmütze neckisch auf dem Kopf.

Ich grinse, schlinge die Arme um sie und wirbel sie herum. Sie lacht und vergräbt den Kopf an meinem Hals.

»Ich liebe dich, Baby«, sage ich leise.

Sie hebt das Gesicht, schlingt ihre Beine um meine Hüften, umfasst mein Gesicht. Sie lächelt, bevor sie mich küsst.

Ein Offizier und Gentleman in modern. Ich blicke in ihre strahlenden Augen und sehe, was ich in meinem Inneren spüre: Das hier, das ist für immer.

ENDE

DANKSAGUNG

Wenn ich ein Buch beende, tue ich das immer mit einem lachenden und einem weinenden Auge. Ich bin froh, dass ich es geschafft habe, die Geschichte zu erzählen, und traurig, weil die Charaktere, die monatelang meinen Kopf bewohnt haben, nun Abschied nehmen. Plötzlich bin ich wieder alleine … Zwar nur so lange, bis ich mit der nächsten Geschichte anfange, aber doch viel zu lang.

Der Vorteil an einer Reihe ist ja, dass man zwischendurch bereits Feedback von den Leser*innen bekommt. Und so kann ich sagen, dass der weitaus größte Teil mir positives Feedback geschickt hat. Die allermeisten, die es gelesen haben, sind begeistert. Das negative Feedback, was ich bekommen habe, ist meist von Menschen, die das Buch nicht gelesen haben, weil Hunter erst siebzehn ist, als seine Geschichte beginnt.

Daher gilt mein erster Dank euch. Euch, die ihr euch getraut habt, dieser Geschichte eine Chance zu geben. Euch, die ihr - hoffentlich! - nicht enttäuscht wurdet. Euch, die ihr mir euer Vertrauen geschenkt habt, dass ich auch eine solche Geschichte so erzählen kann, dass sie einzigartig ist. Ich danke euch von ganzem Herzen. Ohne euch wäre ich nichts.

Ich danke meiner Mama, die immer ein offenes Ohr für mich hat, wenn ich ihr die verrücktesten Plotideen erzähle, die mit mir brainstormt und überlegt, ~~wie man die Leser am besten quälen kann~~

wie man die Geschichte am besten erzählen kann.

Ich danke meiner Korrektorin Lea von ScriptLounge, die dafür sorgt, dass ich mich an die Spielregeln der deutschen Sprache halte.

Ich danke meinen Testleserinnen Alexandra, Berenike, Julia, Juliane und Stefanie, die mit ihren Ideen und Anregungen jedes Mal die Geschichte besser machen, als sie vorher war.

Ich danke meinen Mädels aus *In bed with Annie*, weil sie mich zum lachen bringen, mir heiße Kerle schicken, mir zuhören, wenn ich mecker und mir immer mit Rat und Tat zur Seite stehen.

Ich danke Anya Omah, Per Sander und Mia Kingsley, die alle drei zur Entstehung dieser Geschichte beigetragen haben. Sei es durch Hilfe beim Plot, beim Titel, beim Cover - oder bei der Zufuhr von Alkohol …

Ich danke meiner Familie und meinen Freunden, ohne die ich nicht die Person wäre, die ich bin.

Danke von ganzem Herzen!

Love, Annie

www.annie-stone.de
facebook.com/anniestone81

Weitere Bücher der Autorin

Emma - Writing her own story
Emma & Drew – Writing our story
She flies with her own wings
Among the wild flowers
Serendipity is life
This is us
The numbers of breaths
The words unwritten
There have always been fairy tales
Jace – Einspruch abgelehnt!
Mike – Farbexplosion
Ben – Bruchstücke
Küss den Cowboy
Free at last – verfallen
Free at last - verirrt

7909843R00117

Printed in Germany
by Amazon Distribution
GmbH, Leipzig